Jürgen Kehrer

Der Kaufmann und die Tempelritter

Zum Autor:

Jürgen Kehrer wurde 1956 geboren und lebt als freiberuflicher Schriftsteller in Münster. Neben zahlreichen Kriminalromanen, von denen bereits drei verfilmt wurden, hat er Bücher zur Kriminalitätsgeschichte Münsters geschrieben. Mit „Der Kaufmann und die Tempelritter" legt er seinen vierten historischen Roman vor.

Bücher von Jürgen Kehrer im Waxmann Verlag: „Mord in Münster – Kriminalfälle aus fünf Jahrhunderten", „Schande von Münster – Die Affäre Weigand", „Tod im Friedenssaal", „Das Geheimnis der Tulpenzwiebel", „Mord im Dom".

Kriminalromane von Jürgen Kehrer im grafit Verlag: „Und die Toten läßt man ruhen", „In alter Freundschaft", „Gottesgemüse", „Kein Fall für Wilsberg", „Schuß und Gegenschuß", „Wilsberg und die Wiedertäufer", „Spinozas Rache", „Bullen und Bären", „Das Kappenstein-Projekt", „Das Schapdetten-Virus", „Irgendwo da draußen", „Der Minister und das Mädchen", „Vorbildliche Morde", „Wilsberg und die Schlossvandalen".

Jürgen Kehrer

Der Kaufmann und die Tempelritter

Ein Kriminalroman aus dem mittelalterlichen Münster

Waxmann
Münster · New York · München · Berlin

Die Deutsche Bibliothek – CIP-Einheitsaufnahme

Kehrer, Jürgen:
Der Kaufmann und die Tempelritter :
ein Kriminalroman aus dem mittelalterlichen
Münster / Jürgen Kehrer. – Münster ;
New York ; München ; Berlin :
Waxmann, 2001
ISBN 3-8309-1000-2

ISBN 3-8309-1000-2

Postfach 8603, D-48046 Münster

www.waxmann.com
E-Mail: info@waxmann.com

Umschlag: Pleßmann Kommunikationsdesign, Ascheberg
Titelbild: Kopf des Baphomet, eine Zeichnung nach einem
Gewölbeschlußstein in der Festung Tomar, Portugal
Satz: Stoddart Satz und Layout Service, Münster
Druck: Druckwerkstatt Hafen GmbH

Paris, 1307
Prolog

Im Morgengrauen des 13. Oktober 1307 näherten sich Tausende von Soldaten dem Temple, der mächtigen Festung der Tempelritter in Paris. Die Soldaten standen unter dem Befehl von Guillaume de Nogaret, dem Kanzler des französischen Königs. Philipp IV., auch Philipp der Schöne genannt, hatte die Aktion selbst angeordnet, und nicht nur in Paris, im ganzen Land gingen Bewaffnete gegen die Besitzungen der Tempelritter vor. Tausend Komtureien* besaß der Orden in Frankreich, und in vielen von ihnen lebten Ordensritter und dienende Brüder. Schon lange vor diesem Tag des Angriffs waren versiegelte Briefe an die Präfekten der Provinzen gegangen und hatten sie zu genauester Planung und strengster Geheimhaltung verpflichtet.

Doch während in den verstreut liegenden Ländereien die Ordensritter kaum Widerstand leisten konnten, stellte der Temple ein ungleich größeres Problem dar. Hunderte von Rittern lebten hier und zehnmal so viele dienende Brüder. Allesamt waren sie schwer bewaffnet. Keine verweichlichten Adelige, sondern asketische Mönche, die sich täglich im Waffengebrauch übten. Einst waren sie die Elitetruppen des Heiligen Stuhls, hatten oft genug die Sarazenen* ganz allein in die Flucht geschlagen.

Die mit * gekennzeichneten Begriffe werden im Glossar erklärt.

Nach dem Niedergang des Königreichs Jerusalem hatten sie sich nach Zypern zurückgezogen, aber ihr Reichtum, ihre unermesslichen Schätze lagerten hier, inmitten von Paris. Der Temple galt als die größte Schatzkammer Nordeuropas.

Und er unterstand keinerlei königlicher Gewalt. Die Tempelritter bildeten einen Staat im Staate, lediglich den Weisungen des Papstes unterworfen. Sie waren dem König zu nichts verpflichtet und vor allem zahlten sie keine Steuern.

Lange hatte der geldgierige Philipp IV. auf diese Chance gewartet. Im Jahr 1291 war er bereits gegen die lombardischen Bankiers vorgegangen, und 1305 hatte er die Juden aus dem Land vertrieben, um ihr Vermögen einzuziehen. Die reichste Beute allerdings, dessen war sich Philipp der Schöne sicher, lag im Blickfeld seines eigenen Palastes: im Temple.

Die Anschuldigungen von Esquieu de Floyran, eines aus dem Orden ausgeschlossenen Ritters, kamen ihm gerade recht. Nachdem Floyran vergeblich versucht hatte, sein Wissen an den aragonesischen König Jakob II. zu verkaufen, wandte sich der ehemalige Templer an den französischen Königshof. Dort stieß er auf offene Ohren. Von „unerhörten Gräueln" wusste Floyran zu berichten, von Ketzerei, Sodomie* und Götzenkult. Für Philipp IV. ein gefundenes Fressen.

Guillaume de Nogaret, an der Spitze der Berittenen, hielt vor den Toren des Temple.

„Im Namen des Königs von Frankreich", rief der Minister, „öffnet die Tore!"

Der eilig herbeigerufene Großmeister des Ordens, Jacques de Molay, war überrascht. Obwohl seit einiger Zeit unliebsame Gerüchte durch Paris geschwirrt waren, hatte er sich in Sicherheit gewähnt. War er nicht am Vorabend gemeinsam mit Philipp IV. in der Messe gewesen? Nannte er nicht eine Tochter des Königs sein Patenkind, und gab es nicht den königlichen Schutzbrief aus dem Jahr 1303? Außerdem erzählte man sich seit Jahrzehnten Geschichten über die Tempelritter. Habgier, Arroganz und seltsame Bräuche waren Vorwürfe, die den Orden seit geraumer Zeit begleiteten. Nichts hatte darauf hingedeutet, dass die Situation ausgerechnet jetzt eskalieren würde.

Jacques de Molay musste einsehen, dass eine Verteidigung zwecklos war. Die Tempelritter waren nicht auf eine Belagerung eingestellt. Und selbst wenn sie der Übermacht der königlichen Soldaten eine Weile widerstehen könnten, sie würden am Ende doch verlieren. Also ließ er die Tore öffnen.

Im Rittersaal der Festung traten sich Jacques de Molay und Guillaume de Nogaret gegenüber. Ein letztes Mal noch trug der Großmeister ein Schwert unter dem weißen Umhang, auf dem das große rote Kreuz prangte.

„Ihr seid verhaftet", verkündete der Kanzler, „Ihr und alle Eure Brüder. Die Güter des Ordens werden vom König in Verwahrung genommen, bis die Kirche über Euch gerichtet hat."

„Was wirft man uns vor?", verlangte der Großmeister zu wissen.

„Die Brüder des Ordens der Miliz vom Tempel, die ihre Wolfsnatur unter einem Schafspelz verbergen, stehen unter dem dringenden Verdacht, Christus zu verleugnen und auf das Kreuz zu spucken. Sie sollen sich bei der Aufnahme in den Orden obszönen Gesten hingeben und durch einen Schwur verpflichten, sich einander hinzugeben, sobald es von ihnen verlangt wird."

„Das ist absurd", protestierte Jacques de Molay. „Nichts von dem ist wahr."

„Wir haben Zeugen", erklärte Guillaume de Nogaret mit maliziösem Grinsen, „die noch weit Schlimmeres bekunden.

Aber letztlich wird der Prozess, den Euch die Kirche machen wird, ohnehin die Wahrheit ans Licht bringen."

Und der Prozess brachte die gewünschte Wahrheit ans Licht. Die Beweise bestanden fast ausschließlich aus Geständnissen der Angeklagten. Bei einigen Tempelrittern genügte die bloße Androhung von Folter, andere kamen auf die Streckbank, ihnen wurden Daumenschrauben angelegt, sie wurden mit Gewichten behangen, bis die Gelenke auskugelten, ihre Zähne und Fingernägel wurden einzeln herausgerissen, die Knochen mit einem Keil gebrochen und die Füße im Feuer verbrannt.

Die Templer gestanden, ihre Seelen dem Teufel verkauft und ihn in Gestalt einer riesigen Katze angebetet zu haben. Sodomie und Verkehr mit Dämonen sei täglich vorgekommen. Die Aufnahmeriten des Ordens hätten die Schändung Christi, Gottes und der Heiligen Jungfrau eingeschlossen, wobei man auf das Kreuz uriniert habe, darauf herumgetrampelt sei und dem jeweiligen Prior den „Kuss der Schande" auf Mund, Penis und Gesäß gegeben hätte. Um sich für diese Praktiken Mut zu machen, hätten sie einen Saft getrunken, der aus der Totenasche verstorbener Mitglieder sowie unehelicher Kinder der Templer gewonnen wurde.

Jacques de Molay, der nicht gefoltert wurde, rief seine Mitbrüder auf, das Leugnen aufzugeben. Alle Vorwürfe entsprächen der Wahrheit.

Viele der verhörten Brüder berichteten von heimlichen Zusammenkünften einiger Eingeweihter zumeist in den Ordenskapellen. Dabei habe man das Bildnis eines bärtigen Mannes mit zwei Gesichtern angebetet. Der Name des Mannes sei Baphomet.

Münster, 1309

Kapitel I

Arnd Wrede ritzte Merkzeichen in eine Holzkiste. Die Kiste war gefüllt mit münsterländischer Leinwand, ebenso wie die sieben anderen, die in der Diele standen und noch markiert werden mussten. Es waren die Zeichen von Johann Kleyhorst, dem Kaufmann, für den Arnd als Handlungsgehilfe arbeitete. In der nächsten Woche, falls sich das Wetter besserte, sollten die Kisten nach Brügge gebracht werden. Mit dem Geld, das die Leinwand einbrachte, wollte Kleyhorst südländische Gewürze kaufen.

Arnd blies sich in die Hände. Es war kalt in der Diele, nach Ostern war der Frost zurückgekehrt. Und von der Wärme des Kamins, der in der Mitte zwischen Essstube und Küche brannte, war in der Halle wenig zu spüren. Andere Kaufleute stellten Eisenbecken mit glühender Holzkohle in ihr Kontor, aber Kleyhorst hielt das für zu gefährlich, wegen der alten Holzsäulen in der Halle. Arnd dagegen glaubte, dass Kleyhorst einfach nur zu geizig war, um Geld für kostbare Holzkohle auszugeben.

Dabei war Kleyhorst einer der reichsten Kaufleute Münsters. Sein Haus stand auf der Westseite der Burgmauer, am Neuen Markt oder Prinzipalmarkt, wie man neuerdings sagte. Es war ein stattliches Haus mit drei Stockwerken. Über der Diele lagen die Schlafkammern. Kleyhorst schlief mit seiner Familie selbstverständlich in der Nähe des Kamins, während sich Arnd mit der Köchin ein Zimmer an der Brandmauer teilte. Und darüber, unter dem Dach, lagerten die wertvolleren Waren.

Arnd nahm sich die nächste Kiste vor. Er freute sich auf Brügge. Zuerst hatte ihn Kleyhorst nicht mitnehmen wollen, aber Arnd hatte so lange gedrängt, bis der Kaufmann schließlich einwilligte. Immerhin befand er sich in der Ausbildung, und da wollte er nicht ewig in Münster hocken. Seitdem Münster zur Hanse gehörte, reisten münstersche Kaufleute regelmäßig nach London, Bergen, Reval* und Nowgorod. Alle diese Orte wollte Arnd noch sehen, bevor er im nächsten Jahr, an seinem sechzehnten Geburtstag, seinen Dienst bei Kleyhorst beenden würde.

Für die Zeit danach hatte er schon Pläne. Sein Onkel, der allmählich alt wurde, besaß einen Marktstand. Die Söhne des Onkels waren früh gestorben und die Töchter gut verheiratet. Sein Onkel hatte nichts dagegen, dass Arnd den Marktstand übernehmen wollte, gegen eine angemessene Beteiligung natürlich. Den Marktstand würde er so lange betreiben, bis er genügend Geld beisammen hätte, um in den Osten zu ziehen. An den Ufern der Ostsee, dort, wo die Koggen* der Hanse ankerten, waren reiche Handelsstädte entstanden. Wismar, Kolberg, Danzig, vielleicht sogar Riga, in einer dieser Städte würde sich Arnd niederlassen und sein Kontor eröffnen.

Arnd nahm das Talglicht und ging zur letzten Kiste. Das alles lag in weiter Ferne. Doch Brügge würde er in wenigen Wochen wiedersehen. Einmal war er schon dort gewesen und hatte die vielen, in die seltsamsten Gewänder gekleideten Kaufleute bestaunt, die aus Genua oder Venedig, London oder Gotland kamen. In den anderen Kontoren der Hanse, hatte Kleyhorst erzählt, wohnten die deutschen Kaufleute gemeinsam unter einem Dach. Es gab den Stalhof in London, die Deutsche Brücke in Bergen und den Petershof in Nowgorod.

Arnd richtete sich auf. Seine Beine waren fast taub vor Kälte. Der Frost kroch durch die Fliesen, die den Boden der Diele bedeckten. In Brügge hatten sie bei einem flämischen Kaufmann gewohnt, dessen Haus mit echten Glasfenstern ausgestattet war. Die bunten Glasscheiben ließen viel mehr Licht ins Innere als die dünnen Tierhäute, die man in Münster üblicherweise vor die Fenster spannte. Aber das Erstaunlichste, der für Arnd größte Ausdruck von Luxus war die Tatsache, dass der Flame seine Teppiche von den Wänden genommen und auf den Boden gelegt hatte. So etwas sollte er mal Kleyhorst vorschlagen. Der würde ihn für verrückt erklären.

Als hätte ihn der Gedanke herbeigerufen, kam die hagere Gestalt des Kaufmanns aus der Essstube. Kleyhorst war bereits an die vierzig Jahre alt, sein langes, größtenteils ergrautes Haar hing bis auf die Schultern und aus dem hohlwangigen, glatt rasierten Gesicht ragte eine spitze Nase. Bei einer Reise nach Nowgorod hatte sich Kleyhorst in den Sümpfen des Volchow eine Krankheit geholt, die in regelmäßigen Abständen wiederkehrte und ihn mit Fieberschüben überfiel. Tagelang war er dann ans Bett gefesselt und anschließend nicht nur geschwächt, sondern auch leicht reizbar. Alle Versuche der Bader*, ihn von der Krankheit zu befreien, ob durch Aderlass, kalte Wadenwickel oder streng riechende Kräuter, waren erfolglos geblieben.

Der Kaufmann starrte Arnd aus fiebrig glänzenden Augen an. Der letzte Ausbruch der Krankheit lag noch nicht lange zurück.

„Wenn du mit den Kisten fertig bist ..."

„Sie sind alle mit Euren Markenzeichen versehen", sagte Arnd stolz.

„Gut. Dann habe ich noch einen Auftrag für dich."

„Aber ..."

„Du kannst später essen. Ich werde dafür sorgen, dass genug übrig bleibt."

Arnd nickte mürrisch.

„Du weißt doch, dass ich mein Haus in der Nähe der Ludgerikirche an zwei Kaufleute vermietet habe", redete Kleyhorst weiter. „Die beiden brauchen Kaminholz. Anscheinend heizen sie den ganzen Tag, von früh bis spät. Nun gut, sie zahlen dafür, und mir soll's egal sein. Schnapp dir ein Bündel und bring es ihnen!"

„Kann das nicht Bernd erledigen?", wandte Arnd ein. Als Stallknecht war Bernd für die niederen Arbeiten zuständig.

Die heisere Stimme des Kaufmanns wurde schärfer. „Bernd hat etwas anderes zu tun. Wenn du dich beeilst, bist du noch vor Einbruch der Dunkelheit zurück. Also los!"

Arnd wusste, dass weiterer Widerspruch zwecklos war. Außerdem hatte er keine Lust, seinem Lehrherren den wahren Grund für seine Weigerung zu erzählen. Er war nämlich mit Grete in der Lambertikirche verabredet. Und das ging Kleyhorst gar nichts an.

Der Handlungsgehilfe füllte eine Karre mit Kaminholz und öffnete die Tür. Eisiger Wind schlug ihm entgegen. Vielleicht würde Grete ja auf ihn warten. Er schaute zum Himmel. Noch rund eine Stunde blieb es hell. Zum Glück wurden die Tage wieder länger.

Immerhin hatte der Frost auch sein Gutes, man watete nicht bis zu den Knöcheln im Dreck. Längst nicht alle Häuser besaßen Jauchegruben im Garten, und die Schweine- und Rinderherden, die täglich durch die Stadt getrieben wurden, hinterließen ebenso wie die Reitpferde ihre Spuren. Ganz zu schweigen von den Bettlern und dem fahrenden Volk, das im Freien herumlungerte. Kam dann noch Regen hinzu, verwandelten sich die Gassen in stinkende, glitschige Kloaken aus Kot und Abfällen.

Jetzt war die Oberfläche gefroren und Arnd kam mit dem Karren gut voran. Er nahm die Straße, die nach Süden zum Ludgeritor führte. Nicht weit vom Tor entfernt lag die Ludgerikirche.

Arnd dachte an die beiden Fremden. Er hatte sie gesehen, als sie mit Kleyhorst in der Stube saßen. Abweisend und verschlossen hatten sie gewirkt, gar nicht wie die anderen Kaufleute, die Arnd kannte. Alles an ihnen war ungewöhnlich. In ihrer Begleitung befanden sich keine Diener, und Waren hatte er auch nicht entdeckt.

Als er so darüber nachsann, kamen ihm die Männer richtig unheimlich vor, besonders der eine, der statt einer Nase ein Loch im Gesicht hatte. Das musste nicht unbedingt etwas bedeuten. Arnd wusste, dass man in manchen Gegenden Dieben die Nase abschnitt. Aber der Mann konnte seine Nase auch bei einem Streit oder in einem Krieg verloren haben.

Trotzdem fühlte er sich etwas unbehaglich, als er sich dem kleinen Haus näherte. Kleyhorst besaß noch drei weitere Häuser in Münster, der Fernhandel war ein einträgliches Geschäft.

Arnd klopfte an die Tür, eine tiefe Stimme forderte ihn auf einzutreten.

Der Nasenlose war nicht zu sehen. Der andere Mann saß neben dem Kamin, in dem ein paar abgebrannte Holzscheite glimmten.

„Ah, da ist ja das Holz."

„Mit den besten Grüßen von meinem Herrn", sagte Arnd.

Er begann, die Karre zu entladen. Der Kaufmann machte keine Anstalten, ihm zu helfen.

„Ich bin Kaufmannsgehilfe." Arnd überspielte seine Unsicherheit. „Im nächsten Jahr werde ich meine Ausbildung beenden. Dann will ich mich selbstständig machen.“

Der Mann antwortete nicht. Er hatte zwei Holzscheite in den Kamin gelegt und blies in die Glut, um das Feuer neu zu entfachen.

Der Junge konnte seine Neugier nicht beherrschen. „Mein Herr sagt, dass Ihr auch Kaufleute seid. Darf ich fragen, womit Ihr handelt?“

„Mit Edelsteinen“, murmelte der Mann am Kamin.

„Mit Edelsteinen? Wie aufregend.“

„Ja.“ Der Mann richtete sich auf. „Mit seltenen Edelsteinen aus dem Orient.“ Er schlug seinen Umhang zurück, unter dem ein Krummdolch sichtbar wurde, der am Gürtel hing. „Ein gefährliches Geschäft. Wir müssen jederzeit darauf gefasst sein, dass man uns überfällt. Deshalb mögen wir es gar nicht, wenn man uns ausfragt.“

„Oh!“ Arnd trat einen Schritt zurück. „Dann ... dann will ich Euch nicht länger aufhalten.“

Die Dämmerung hatte längst eingesetzt, und abgesehen von einigen Kerzen, die den Altar erhellten, war es in der Lambertikirche recht finster. Nachdem sich Arnds Augen an die Dunkelheit gewöhnt hatten, entdeckte er zwei alte Weiber, die im Mittelschiff knieten. Ansonsten schien die Kirche leer zu sein. Enttäuscht wollte er sich schon abwenden, als er eine Bewegung neben einer Säule bemerkte. Er schaute genauer hin und sah ein Stück von einem Kleid. Tatsächlich, Grete lehnte an einer Säule, anscheinend in ein Gebet vertieft.

Vorsichtig schlich er heran und küsste das Mädchen in den Nacken.

Grete schrak auf. „Du? Wieso hast du mich so lange warten lassen?“

„Kleyhorst hat mich nicht gehen lassen.“

Arnd erzählte von seinem Auftrag. Mit den Gedanken war

er allerdings nicht bei der Sache. Er sog den süßen Duft ein, der von dem Mädchen ausging, und noch während er redete, näherte sich sein Mund dem ihren, bis sich ihre Lippen schließlich berührten.

Grete ging zunächst darauf ein, schlang ihre Arme beim Kuss um seinen Körper, dann stieß sie ihn zurück. „Was erlaubst du dir? Wir sind in einem Gotteshaus."

Arnd schaute zu den beiden Mütterchen. Sie waren verschwunden. „Wir sind allein. Niemand sieht uns."

Grete zeigte nach oben. „Gott sieht uns."

Der Junge lachte lässig. „Gott wird nichts dagegen haben. Wir heiraten doch sowieso."

„Wir sind nicht mal verlobt. Und erst musst du deine Ausbildung beenden." Sie hob ihren Zeigefinger drohend vor sein Gesicht. „Bevor du nicht dein eigenes Geld verdienst, wird mein Vater niemals zustimmen."

Tatsächlich war sich Arnd seiner Sache gar nicht so sicher. Grete war vierzehn und damit im besten Heiratsalter. Wahrscheinlich würde ihm ein Witwer zuvorkommen, dessen Frau im Kindbett gestorben war. So ein alter Sack von fünfundzwanzig oder gar dreißig Jahren, der jemanden für seine zahlreiche Kinderschar suchte.

Grete trat einen Schritt zur Seite. „Und jetzt muss ich nach Hause. Es ist schon dunkel. Meine Eltern werden sich Sorgen machen."

„Ich begleite dich", bot Arnd an.

Ein lautes Pochen an der Kirchentür ließ beiden den Schreck in die Glieder fahren. Grete stürzte zu Arnd und versteckte ihren Kopf an seiner Brust. Als er den Arm um sie legte, spürte er, wie sich ihre Nackenhaare sträubten.

„Was war das?", flüsterte sie.

„Keine Ahnung." Arnd bemühte sich, seine Stimme nicht allzu ängstlich klingen zu lassen.

Ein erneutes Pochen. Fast schien es Arnd, als würde jemand einen Nagel in die Kirchentür treiben. Danach herrschte Stille. Niemand betrat die Kirche. Langsam lösten sich die beiden voneinander. Doch im selben Augenblick schrie ein Mann auf. Es war ein entsetzlicher, nicht enden wollender Schrei. Die Gefolterten auf dem Marktplatz schrien so, wenn man ihnen mit glühender Zange ein Stück Fleisch aus dem Leib riss. Ein Todesschrei. Endlich verstummte der Mann.

Grete zitterte am ganzen Körper. „Oh, mein Gott! Sie werden uns umbringen. Warum bin ich nicht nach Hause gegangen? Warum habe ich nur auf dich gewartet?"

„Hier bist du sicher."

„Sicher?" Sie lachte wie wahnsinnig.

„Auch Mördern ist eine Kirche heilig." Er holte Luft. „Ich werde nachsehen, was geschehen ist."

„Nein!" Sie krallte sich in seinem Wams fest. „Du lässt mich nicht allein, Arnd Wrede!"

„Komm!" Er fasste sie um die Taille und zog sie zum Altar. „Versteck dich hinter dem Lettner*! Wenn die Luft rein ist, hole ich dich."

Grete gab widerstrebend nach. „Sei vorsichtig!"

„Was denkst du?" Er lächelte aufmunternd. „Dein Leben ist mir genauso lieb wie meins."

So leise wie eben möglich huschte Arnd zur Kirchentür. Er drückte ein Ohr gegen das Holz. Draußen war es still.

Sachte öffnete er die Tür. An der Außenfront hing ein Blatt Büttenpapier, bedeckt mit einer gleichmäßigen, geübten Handschrift. Also hatte er Recht gehabt: Jemand hatte einen Anschlag an die Kirchentür genagelt. Arnd bezwang seine Neugier, den Text zu lesen, und schaute sich um. Als Grete und er den Schrei gehört hatten, war es unmöglich gewesen, die Richtung auszumachen, aus der er gekommen war. Der kleine Platz vor der Kirche, vom Mondlicht beschienen, war leer. Die dahinter liegenden Gassen bildeten eine schwarze Mauer. Plötzlich hörte er auf der rechten Seite Schritte, die sich rasch entfernten.

Eng an die Hauswände gedrückt, folgte Arnd den Schritten. Einige wenige Talglichter und Kaminfeuer, die hinter pergamentbespannten Fenstern brannten, verbreiteten ein trübes Licht. Er lauschte. Die Schritte waren nicht mehr zu hören.

Auf einmal wurde es heller. Arnd bog um eine Hausecke und sah eine Fackel. Wegen der Brandgefahr waren Fackeln nur in Ausnahmefällen erlaubt. Nur hohe Herren durften sich von ihren Dienern heimleuchten lassen, und auch der Nachtwächter besaß das Recht, eine Fackel zu tragen. So war Arnd nicht erstaunt, als er Heinrich den städtischen Nachtwächter erkannte, der sich über eine Gestalt auf dem Boden beugte.

Heinrich hatte ihn ebenfalls gehört und zog sein Schwert. „Wer da?"

„Ich bin's, Arnd Wrede." Arnd trat mit erhobenen Händen ins Licht.

„Ach, du." Heinrich steckte sein Schwert zurück in die Scheide. „Eine verdammte Sauerei ist das." Er nickte zu der Gestalt am Boden.

Der Anblick ließ Arnds Blut gefrieren. Der Mann, der dort sein Leben ausgehaucht hatte, hieß Gerwinus Rike, ein reicher Kaufmann. Und sein Mörder hatte sich viel Mühe gegeben. Aus Rikes Hals ragte die Spitze eines Spießes. Der Spieß war ihm von unten quer durch den Leib getrieben worden.

„Grete!"

Gretes Kopf tauchte hinter dem Lettner auf. „Arnd! Himmel! Ich wäre fast gestorben vor Angst."

„Es ist vorbei. Komm! Ich bring dich nach Hause."

„Aber ... Wer hat denn da geschrien wie am Spieß?"
„Woher weißt du das?"
„Was?"
„Dass er am Spieß steckte?"
Grete schaute ihn verständnislos an. „Wovon redest du?"
„Von Gerwinus Rike. Jemand hat ihn aufgespießt."

Kapitel II

Fürstbischof Konrad von Berg schnitt ein Stück vom gesottenen Aal ab, spießte es mit dem Messer auf und schob es sich in den Mund. Dann wischte er mit dem Ärmel über sein fetttriefendes Kinn und fasste Ritter von Berdel, den Stadtrichter, ins Auge.

„Wollt Ihr auch ein Stück?"

„Nein, danke, Exzellenz."

„Der Aal ist mit Pfeffer zubereitet. Köstlich, glaubt mir. Dazu vielleicht ein Gürkchen?"

„Ich habe schon gefrühstückt, Exzellenz."

„Na schön." Der Bischof seufzte ergeben. „Dann erzählt mir von dem Mord!"

Sie saßen auf Hockern in der Kemenate*, unweit des prächtig lodernden Kaminfeuers. Konrad gab seinem Diener einen Wink, worauf dieser sich mit der Aalschüssel entfernte.

Von Berdel beugte sich vor. „Ihr wisst, wen es getroffen hat?"

Der Bischof nickte. „Gerwinus Rike, einen dieser Erbmänner, die sich benehmen, als gehörten sie zum Adel, Mitglied im Schöffengericht und als Fernhandelskaufmann reich geworden. Ich habe ihn nicht besonders gemocht, er gehörte zu denen, die am lautesten auf die Rechte der Bürgerschaft pochten. Der Stadtrat, wie sich das Schöffengericht jetzt nennt, glaubt, dass ihm die Macht in der Stadt zusteht. Am liebsten möchten sie mich und die Domherren in die Domburg verbannen. Trotzdem, der Mord muss mit aller Strenge gesühnt werden." Ein Lächeln huschte über das Gesicht des

Bischofs. „Im Grunde ist er sogar eine gute Gelegenheit, allen zu zeigen, wer in der Stadt das Blutgericht ausübt. Ihr, Ritter von Berdel, seid der bischöfliche Stadtrichter. Ihr werdet dafür sorgen, dass der Mörder einen Kopf kürzer gemacht wird. Weiß man, wer die Tat begangen hat?"

Der Stadtrichter schüttelte den Kopf. „Als der Nachtwächter Rike gefunden hat, war er schon tot."

„Und wie ist er ..."

„Man hat ihm einen Spieß quer durch den Leib getrieben."

„Oh, mein Gott! Wie entsetzlich!" Der Bischof verzog sein feistes Gesicht und bekreuzigte sich. „Das ist ja barbarisch."

„Ich habe mit der Witwe gesprochen", fuhr von Berdel fort. „Sie sagt, Rike habe ihr gegenüber eine geschäftliche Verabredung erwähnt. Allerdings hat sie keine Kenntnis, mit wem er sich treffen wollte."

„Mitten in der Nacht?"

„Ungewöhnlich, fürwahr", stimmte der Stadtrichter zu. „Auf der anderen Seite gibt es zur Zeit eine Menge fahrenden Volkes in der Stadt. Der Frühjahrssend steht bevor, das lockt die Gaukler und Huren an. Möglich, dass Rike von irgend welchen Gaunern ausgeraubt wurde."

„Das klingt nicht gut", meinte der Bischof. „Ich hatte gehofft, wir könnten die Sache schnell beenden."

„Und das ist längst nicht alles." Von Berdel setzte eine bekümmerte Miene auf. „In der letzten Nacht ist noch etwas geschehen."

„Noch mehr schlechte Nachrichten?"

„Ich fürchte ja, Exzellenz. Jemand hat einen Anschlag an die Tür der Lambertikirche geheftet."

„Ein religiöser Eiferer?"

„Lest selbst!" Von Berdel griff unter seinen Umhang und zog ein zusammengerolltes Papier hervor.

Der Bischof entrollte das Papier. Er hatte Mühe den Text zu entziffern, in den letzten Jahren waren seine Augen schlechter geworden.

An die stolzen Bürger von Münster!
Seht Ihr nicht, was aus der Kirche Christi geworden ist? Sie häuft Reichtümer und Schätze an, anstatt den Armen zu geben, wie es der Heilige Martin getan hat. Die Bischöfe, Erzbischöfe und Kardinäle leben in Völlerei und halten sich Mätressen, obwohl sie sich zu frommem Dienst und Keuschheit verpflichtet haben. Mit Folter und Inquisition verfolgen sie die wahren Christen.
Schaut Euch den Bischof von Münster an! Wie die Made im Speck lebt er auf dem Domhügel. Mit seinen nichtsnutzigen Domherren raubt er Euch die Früchte eurer Arbeit. Verweigert der Kirche den Zehnt! Schüttelt die Tote Hand ab, die Euch stranguliert! Kehrt zurück zum wahren Glauben der Apostel! Entsagt der Völlerei und Hurerei! Sonst wird Baphomet Euch strafen!

„Unverschämt!" Die Hände des Bischofs zitterten. Wütend warf er das Papier zu Boden. „Wie die Made im Speck. Völlerei. Was erlaubt sich dieser Hurensohn? Das klingt wie ... wie ..."

„... die Reden der Katharer*?", half der Stadtrichter.

„Genau. Ich dachte, diese Ketzer wären ausgestorben, von der Heiligen Inquisition hinweggefegt. Und das ausgerechnet in meiner Stadt! Womit habe ich das verdient? Wo steht in der Heiligen Schrift geschrieben, dass man nicht essen und trinken soll?“

„Nirgendwo“, sagte von Berdel.

„Soll ich in Lumpen durch meine Residenz laufen und mich von Heuschrecken ernähren?“

„Gewiss nicht.“

„Und natürlich hat sich niemand zu dem Schreiben bekannt?“

„Nein“, bestätigte der Stadtrichter.

„Das sieht diesen Hetzern ähnlich, heimlich verspritzen sie ihr Gift.“ Der Bischof stieß mit der Fußspitze gegen die Papierrolle. „Wie viele Menschen haben das da gelesen?“

„Der Pfarrer von Sankt Lamberti hat es heute früh entdeckt und sofort abgenommen.“

„Nun, hoffen wir, dass der Schaden gering bleibt.“

„Es kann sich jederzeit wiederholen“, gab Berdel zu bedenken.

„Da habt Ihr Recht.“ Bischof Konrads Augen blitzten tükkisch. „Wisst Ihr, Ritter von Berdel, ich traue den Franziskanern nicht. Sie haben viel von diesen Ketzern übernommen: Leben in Armut, Reinheit des Glaubens, Entsagung des Leiblichen. Sie hetzen nicht gegen die Kirche, nein, sie sind ja ein kirchlicher Orden. Aber unter manch brauner Kutte steckt ein aufmüpfiger Geist.“

„Wenn Ihr es sagt“, wich sein Gegenüber aus.

„Und wer ist eigentlich Baphomet?“

Der Stadtrichter zog die Augenbrauen hoch. „Ich dachte, Eure Exzellenz könnte diese Frage beantworten.“

„Baphomet“, sinnierte der Bischof. „Ich habe den Namen noch nie gehört. Biblisch ist er sicherlich nicht. Zumindest bin ich ihm noch nicht begegnet." Er lachte verlegen. „Wer kennt schon das ganze Alte Testament?"

„Möglicherweise besteht ein Zusammenhang zwischen dem Mord und dem Anschlag", lenkte der Stadtrichter die Unterredung in eine andere Richtung.

Bischof Konrad horchte auf. „Ach? Wieso?"

„Nun, der Ort an dem Gerwinus Rike getötet wurde und das Tor der Lambertikirche liegen nur rund hundert Schritte voneinander entfernt. Es könnte doch sein, dass Rike dem Ketzer begegnet ist und ihn zur Rede gestellt oder sogar erkannt hat. Damit Rike ihm nicht gefährlich werden konnte, musste der Aufrührer den Zeugen beseitigen."

„Ein Ketzer mit einem Spieß?", fragte der Bischof skeptisch. „Das passt nicht zu diesen Eiferern. Die lehnen doch jegliche Gewalt ab und verweigern ihren Fürsten und Königen den Dienst im Heer."

„Anders herum wäre es auch denkbar. Der Ketzer könnte etwas gesehen haben, das uns hilft, den Mörder von Rike zu stellen. Auf jeden Fall lohnt es sich, den Verfasser des Anschlags ausfindig zu machen."

„Das sehe ich auch so." Konrad rülpste dezent und streichelte seinen massigen Bauch. „Der Aal", sagte er entschuldigend. „Ich glaube, ich sollte ihn in einem Becher Wein schwimmen lassen. Wollt Ihr auch einen Schluck?"

„Nur einen kleinen", antwortete der Stadtrichter.

Der Bischof winkte dem Diener, der sich in eine Ecke zurückgezogen hatte, und gab ihm den entsprechenden Auftrag. Kurze Zeit darauf kam dieser mit zwei gut gefüllten Zinnbechern zurück.

Bischof Konrad nahm einen tiefen Schluck und leckte sich über die Lippen. „Roter Wein aus Frankreich", sagte er genießerisch. „Das ist etwas Anderes als das Essigwasser, das hier in der Gegend gekeltert wird. Kennt Ihr die Geschichte von

Kaiser Barbarossa*, der einmal, als er nach Naumburg kam, einen Becher einheimischen Weines angeboten bekam?"

„Nein."

„Der Kaiser nahm einen Schluck und flüsterte dann seiner Begleitung zu: ‚Lieber noch einmal Mailand erobern.' Und Mailand, mein guter Berdel, war eine der schlimmsten Erfahrungen seines Lebens gewesen."

Während Bischof Konrad noch über seine Geschichte lachte, sagte der Stadtrichter: „Da gibt es noch etwas, das Ihr erfahren solltet."

„Nicht noch mehr schlechte Nachrichten", wehrte Konrad ab. „Mein Bedarf ist für heute gedeckt."

„Im Gegenteil, Exzellenz." Berdel hatte noch etwas in der Hinterhand, wovon er glaubte, dass es den Bischof ablenken und auf andere Gedanken bringen würde. So hoffte er, in den nächsten Tagen seiner Arbeit ungestörter nachgehen zu können, ohne dass ihm der Fürstbischof ständig im Nacken saß. „Seit einigen Tagen sind zwei Kaufleute in Münster, die, wie ich gehört habe, mit seltenen Edelsteinen handeln. Man sagt, sie seien im Orient weit herumgekommen, sogar in Jerusalem sollen sie gewesen sein."

„Jerusalem, die Heilige Stadt", rief der Bischof erfreut aus. „Oh, wie sehr habe ich mir gewünscht, selbst einmal in der Grabeskirche zu stehen. Das ist wirklich eine gute Nachricht, Berdel. Ich werde die Kaufleute zum Abendessen einladen, damit sie von ihren Reisen berichten. Was haltet Ihr von einem kleinen Festmahl? Ihr seid natürlich auch geladen, dazu die wichtigsten Domherren und die beiden Bürgermeister."

Der Stadtrichter lächelte. Sein Plan war aufgegangen.

Die Stimmen der beiden Männer waren bis in das Kontor gedrungen. Arnd hatte den Sinn der Worte nicht verstehen können, da Kleyhorst die Tür zur Stube hinter sich geschlossen hatte, doch dass es keine freundliche Unterredung war, verriet der wütende Tonfall, der sich gelegentlich bis zum Gebrüll steigerte.

So war Arnd nicht erstaunt über die grimmige Miene, mit der Kleyhorst die Stufen zur Diele herabstampfte, dicht gefolgt von demjenigen der beiden Edelsteinkaufleute, mit dem Arnd bereits gesprochen hatte. Anscheinend hielt sich der Nasenlose lieber im Hintergrund.

„Arnd", knurrte Kleyhorst, „du begleitest Herrn von Monheim. Er wird dir einen Beutel geben, den du mir unverzüglich bringst. Hast du verstanden?"

Der Gehilfe nickte eifrig. Wenn Kleyhorst in dieser Stimmung war, ging man ihm besser aus dem Weg. Mit einem kurzen Gruß drehte sich Kleyhorst um und verschwand wieder in der Stube.

Da auch Monheim finsteren Gedanken nachzuhängen schien, legten sie das erste Wegstück schweigend zurück. Das Wetter war umgeschlagen und die wärmenden Sonnenstrahlen hatten den Unrat in den Gassen aufgetaut.

Auf der Ludgeristraße wagte Arnd, den Fremden anzusprechen: „Wie gefällt Euch Münster?"

Monheim balancierte um eine braune Pfütze. „Was soll an Münster schon Besonderes sein?", fragte er missmutig. „Es ist dreckig und stinkt."

Vor ihnen klatschte etwas auf die Straße. Ein Mann sprang fluchend zur Seite und blickte nach oben.

Monheim lachte grimmig. „Ich habe hier schon Leute gesehen, die ihre Nachttöpfe aus dem Fenster kippten."

„Das sind die Alten, denen der Weg zur Jauchegrube zu weit ist."

„Ja. Und sie scheren sich nicht darum, ob unter ihnen jemand über die Straße geht."

„Ist das nicht in allen Städten so?", hakte Arnd nach. So leicht ließ er sich nicht abwimmeln.

„In großen, zivilisierten Städten gibt es eine Kanalisation."

„Eine was?"

Monheim machte eine abweisende Handbewegung. „Davon verstehst du nichts."

„Ich möchte aber gerne mehr erfahren."

Der Fremde schwieg.

„Ich war schon in Brügge", fuhr Arnd fort. „Brügge ist schöner und reicher als Münster, doch die Straßen sind genauso schmutzig wie hier."

„Brügge", brummte Monheim verächtlich.

Die hochmütige Art des Kaufmanns reizte Arnd zum Widerspruch. „Und wo liegen Eure großen, sauberen Städte?", fragte er spöttisch.

Monheim lächelte. „Du bist ein hartnäckiger Bursche, was?" In seiner Stimme schwang Anerkennung mit. „Du hast Recht. Im heutigen Europa sehen fast alle Städte so aus wie Münster. Aber das war nicht immer so. In Rom lebten einst über eine Million Menschen. Die wären an ihren Abfällen erstickt, wenn es keine Abwasserkanäle und die Cloaca maxima* gegeben hätte. In Byzanz gab es noch vor hundert Jahren Springbrunnen, aus denen parfümiertes Wasser floss, Parks, Paläste und so viele Kirchen, wie das Jahr Tage hat. Die Fenster zahlreicher Wohnhäuser waren verglast und die Zimmerwände mit Seide bespannt. Das alles ist leider untergegangen."

„Warum?", fragte Arnd.

„Warum?", wiederholte der Kaufmann. „Das ist eine lange Geschichte, eine Geschichte von Eroberungen und Zerstörungen. Rom ist heute eine Steinwüste, übersät mit Ruinen, zwischen denen Rinder und Ziegen weiden. Und Byzanz, das reiche, herrliche Byzanz, wurde von den Kreuzrittern zerstört. Es ist wohl das schändlichste Kapitel der Kreuzzüge, dass ausgerechnet die größte christliche Stadt ihr Opfer wurde. Die Metropolen der heutigen Welt liegen viel weiter im Osten. In Bagdad, der ehemaligen Hauptstadt der Sarazenen, wohnen heute drei Millionen Menschen, es gibt Dutzende von Hospitälern und Hochschulen." Monheim schaute Arnd an. „Wie viele Menschen leben in Münster?"

Arnd überlegte. „Einige tausend, vielleicht."

„Seien wir großzügig, nehmen wir an, es seien zehntausend. Und nun stell dir eine Stadt vor, die dreihundertmal so groß ist wie Münster. Dreihundertmal so viele Menschen, das Dreihundertfache an Abfällen und Kot. Welch geniale Leistung, so etwas zu bewältigen!"

Arnd konnte es sich nicht vorstellen. „Und Ihr habt es mit eigenen Augen gesehen?", fragte er erstaunt.

„Nein", grinste Monheim. „Nicht alles, was man weiß, muss man mit eigenen Augen gesehen haben."

Sie hatten das kleine Haus in der Nähe der Ludgerikirche erreicht, und der Kaufmann öffnete die Tür. Arnd zuckte zusammen, als der Nasenlose vor ihnen stand.

„Der junge Mann heißt Arnd", sagte Monheim. „Ludolf von Eschwege."

Der Angesprochene nickte nur. „Wir haben eine Einladung erhalten." Seine Stimme klang dumpf.

„Von wem?"

„Vom Bischof von Münster. Er lädt uns zu einem festlichen Abendessen."

Monheim seufzte. „Dann werden wir wohl hingehen müssen."

„Du gehst, ich nicht."

„Wie du meinst." Monheim stieg die Treppen zum Schlafzimmer hinauf.

Arnd blieb allein mit dem schweigsamen Eschwege zurück und war froh, als Monheim wieder auftauchte. Der ließ einen ledernen Beutel in Arnds geöffnete Hand fallen. Geldmünzen klimperten.

„Das ist der Beutel, den dein Herr haben will. Verlier ihn nicht!"

Arnd versprach es und machte sich auf den Rückweg. Dem Gewicht nach zu urteilen, war der Beutel viel mehr wert als die Miete für ein ganzes Jahr. Welchen Grund mochte Kleyhorst haben, eine solche Summe zu fordern? Und warum suchten sich die Kaufleute kein billigeres Quartier?

Arnd war so in Gedanken versunken, dass er den Stadtrichter und die beiden Botmeister* nicht bemerkt hatte.

„Arnd Wrede?"

„Ja."

„Ich habe dich gesucht."

„Warum, Herr?"

Arnd versteckte den Beutel hinter seinem Rücken. Er kannte Ritter von Berdel nur flüchtig. Der Richter des Bischofs war in der Stadt nicht besonders beliebt.

„Der Nachtwächter sagt, du seist in der Nähe gewesen, als Gerwinus Rike ermordet wurde."

„Ich bin zufällig vorbeigekommen."

„Wieso? Was hattest du dort zu tun?"

„Ich war in der Lambertikirche, um zu beten."

„In der Lambertikirche." Der Stadtrichter kniff die Augen zusammen. „Warst du allein?"

Arnd überlegte. Er wollte Grete nicht in die Sache hineinziehen. „Ja."

„Warum zögerst du?"

„Tatsächlich fühlte ich mich nicht allein."

„So?"

„Nein, ich spürte ganz deutlich die Anwesenheit Gottes. Ein Gebet ist doch eine Zwiesprache."

„Aha“, sagte Berdel enttäuscht. „Die nächste Frage ist sehr wichtig, Arnd: Hast du jemanden auf der Straße gesehen?“

„Nein, niemanden.“

„Es könnte jemand gewesen sein, dem du keine Beachtung geschenkt hast, ein Bettler, der in einem Hauseingang saß.“

„Da war kein Mensch, Herr, ich bin mir vollkommen sicher.“

„Und als du die Lambertikirche verlassen hast, hing da ein weißes Papier an der Tür?“

„Darauf habe ich nicht geachtet. Ich war ja in der Kirche, als ich Rike schreien hörte, und bin sofort losgerannt.“

Der Stadtrichter starrte den Jungen an. „Ich hoffe, du sagst die Wahrheit, Arnd. Sonst könnte es sehr unangenehm für dich werden.“

Kapitel III

Fürstbischof Konrad von Berg hatte eine lange Tafel aufstellen lassen, die mit einem weißen Leinentuch bedeckt war. Etliche Domherren waren gekommen, dazu die beiden Bürgermeister der Stadt, Ludwig von der Wieck und Eckehard Plönies, sowie der Stadtrichter von Berdel. Egbert von Monheim, der das Nichterscheinen seines Geschäftsfreundes mit einer Unpässlichkeit entschuldigte, durfte neben dem Bischof Platz nehmen.

Dann wurden die Gerichte aufgetragen. Es gab Eiersuppe mit Safran, Schaffleisch mit Zwiebeln und gebratenes Huhn mit gedörrten Zwetschgen. Diener füllten die Zinnkelche mit den besten Weinen, die im Keller der Residenz lagerten: Rotwein aus Burgund und Weißwein aus der Champagne, ein starker, auf der Zunge brennender Wein aus Spanien und süßlicher Wein aus Zypern. Bischof Konrad hatte den Gast beeindrucken wollen, doch Monheim gelang es zuerst, die Edelmänner zu verblüffen. Neben seinem Messer zog er ein silbernes, mit mehreren Spitzen versehenes Gerät hervor, das er zum Aufspießen der Fleischstücke benutzte. Das sei eine Gabel, erklärte er ruhig, er habe sie in Venedig erstanden, und die Venezianer hätten sie aus Byzanz importiert.

Inzwischen wurden die flachen, vom Fett durchweichten Brotlaibe, die die Männer als Unterlagen benutzt hatten, durch neue ersetzt. Die Diener brachten den zweiten Gang: Stockfisch mit Öl und Rosinen, Schleie in Öl gebacken und gerösteter Hering mit Senf. Der Bischof erkundigte sich nach den Reisen, die Monheim gemacht habe, und der Kaufmann erzählte bereitwillig von beschwerlichen Ritten über die Alpen, nach Venedig und Mailand, von Schifffahrten durchs Mittelmeer und nach London.

„Und wo befindet sich Euer Kontor?"

„In den letzten Jahren war ich zumeist in Paris. Von dort haben Eschwege und ich unsere Geschäfte getätigt."

„Paris." Die Augen des Bischofs leuchteten. „Man sagt, in Paris gibt es die beste Küche Europas."

„Zumindest glauben die Pariser Hofköche, dass sie unübertroffen sind."

„Unser bescheidenes Mahl kann da wohl nicht mithalten?"

Monheim schmunzelte. „Eure Speisen sind vorzüglich, Exzellenz. Ich habe selten etwas Besseres gegessen."

„Wir geben uns Mühe", sagte Konrad stolz. „Pfeffer, Muskat, Ingwer, Safran und Zimt sind uns nicht unbekannt. Und zum Süßen verwenden meine Köche echten ägyptischen Zucker."

„Man schmeckt es", lobte Monheim.

„Auch die Kaufleute aus Münster kommen weit herum und versorgen unsere kleine, fernab gelegene Stadt mit allem, was die Welt besitzt."

„Zweifellos."

Der Bischof seufzte theatralisch. „Und doch gibt es sicher in Paris Speisen, von denen wir nur träumen können. Sagt es frei heraus, Herr von Monheim", forderte er lauernd, „was bringt man in Paris auf den Tisch, das wir nicht haben?"

Monheim überlegte. „Tatsächlich gibt es eine neue Speise."

„Ich wusste es", sagte Konrad enttäuscht.

„Ein Gemüse, das nicht gekocht, sondern nur gewaschen wird."

„Kaltes, ungekochtes Gemüse?" Der Bischof schüttelte sich. „Wie grässlich!"

„Mit den richtigen Zutaten ist es durchaus schmackhaft",

widersprach Monheim. „Man mischt eine Soße aus Olivenöl, Weinessig, Salz, Pfeffer, Zwiebeln, Knoblauch, Thymian und Majoran und gießt sie über die kalten Gemüseblätter."

„Und wie heißt dieses abscheuliche Gericht?"

„Man nennt es Insalada, weil es aus Italien kommt."

„Nein, das ist nichts für mich. Ich bleibe lieber bei Gebratenem."

Der Bischof klatschte in die Hände. Das war das Zeichen für den dritten und letzten Gang: kleine, in Schmalz gebackene Vögel und Schweinskeule mit Gurken.

Danach wurde die Tafel hinausgetragen, Diener hielten Schüsseln mit warmem Wasser bereit, mit dem die Herren ihre Hände säubern konnten, und die Gesellschaft rückte auf ihren Hockern näher zum Kamin.

Der Fürstbischof rieb sich den Bauch und übertönte einen kleinen Wind mit einem Hüsteln. „Und nun, lieber von Monheim, nachdem wir uns gestärkt haben, müsst Ihr uns unbedingt von Jerusalem erzählen. Wie ich hörte, seid Ihr in der Heiligen Stadt gewesen."

„Mehr als einmal", bestätigte der Kaufmann. „Ich war in der Grabeskirche, ich habe Golgotha gesehen, die Hinrichtungsstätte des Herrn, und auch den Ölberg, wo er das Letzte Abendmahl gehalten hat."

„Ist es für Christen überhaupt möglich, sich dort aufzuhalten?", fragte Eberhard von Lüttringhausen, einer der Domherren. „Die Stadt ist doch in der Hand der Heiden, dieser Sarazenen oder wie immer sie sich nennen."

„Der Mamelucken*", sagte Monheim. „Der Sultan von Ägypten gestattet es Pilgern, die heiligen Stätte aufzusuchen."

„Und die Götzenanbeter haben unsere Kirchen in Jerusalem nicht zerstört? Wir würden doch keinen Augenblick zögern, ihre ..."

„Moscheen“, half Monheim.

„... dem Erdboden gleichzumachen.“

„Entschuldigt, dass ich Euch korrigiere“, sagte der Kaufmann gelassen. „Die Moslems sind keine Götzenanbeter. Sie führen ihre Herkunft auf Abraham zurück, dessen Sohn Ismael halten sie für ihren Vorfahren. Deshalb respektieren sie die beiden anderen Religionen des Buches, wie sie es nennen, das Judentum und den christlichen Glauben. Jesus ist für sie ein Prophet, ebenso wie ihr Religionsgründer Mohammed. Nach Mekka und Medina ist Jerusalem ihre drittheiligste Stadt. Vom Tempelberg aus soll Mohammed in den Himmel geritten sein. Zu seinen Ehren haben sie dort den Felsendom und die Al-Aksa-Moschee errichtet.“

Bischof Konrad hielt seinen Becher in die Höhe, damit ein Diener ihn auffüllen konnte. „Ist das nicht ein wenig blasphemisch, was Ihr da äußert?“

„Ich bitte um Verzeihung, Exzellenz. Ich verteidige ja nicht den Glauben der Moslems. Wir sollten uns nur davor hüten, ein falsches Bild von ihnen zu verbreiten.“

„Götzenanbeter oder nicht“, die Zunge des Bischofs war bereits schwer geworden, „unsere Kultur ist der ihren weit überlegen. Daran besteht doch wohl kein Zweifel.“

„Seid Ihr da so sicher?“

„Was erlaubt Ihr Euch?“, fuhr Domherr von Lüttringhausen den Kaufmann an.

„Und warum ist das christliche Königreich Jerusalem dann untergegangen?“

„Weil ...“, der Domherr suchte nach Worten, „... weil sich die Kreuzritter untereinander zerstritten hatten, weil sie im heißen Klima des Morgenlandes träge und faul geworden waren, weil ihnen die Horden der Ungläubigen zahlenmäßig weit überlegen waren.“

Egbert von Monheim schaute zu Boden. „Mit der Zerstrittenheit habt Ihr sicher Recht. Doch was das Andere angeht, bin ich nicht Eurer Meinung. Die Sarazenen und später die Mamelucken hatten schnell erkannt, dass sie im Zweikampf, Reiter gegen Reiter, den schwer gepanzerten Kreuzrittern gegenüber im Nachteil waren. So verlegten sie sich auf andere Taktiken. Auf ihren schnellen, wendigen Pferden ritten sie nah an die Linien der Christen heran, schossen Wolken von Pfeilen ab und zogen sich ebenso schnell wieder zurück wie sie gekommen waren. Sie zögerten auch nicht, auf die Pferde der Ritter zu zielen, wohl wissend, dass ein Ritter zu Fuß so unbeweglich ist wie ein Maikäfer auf dem Rücken. Wenn es ihren Plänen diente, war den moslemischen Kämpfern jede List recht. Sie schoren sich ihre Bärte und legten die Kleidung gefallener Ritter an, um die Besatzungen von Burgen zu täuschen. Sie durchbrachen die Seeblockade, indem sie Kreuze auf die Segel ihrer Schiffe malten und Gitterkäfige mit Schweinen auf die Reling stellten, da die Christen wussten, dass Moslems kein Schweinefleisch essen. Mit List, Tücke und taktischen Schachzügen wurde der Kreuzfahrerstaat besiegt. Das ist die andere Seite der Wahrheit."

„Und woher wisst Ihr das so genau?", fragte von Lüttringhausen wütend.

„Weil ich auf meinen Reisen viele Kreuzritter getroffen habe", antwortete Monheim. „Ich gebe nur wieder, was sie mir erzählt haben."

„Was beweist das schon?", wandte Bischof Konrad ein. „Dass die Mohammedaner arglistig und hinterhältig sind. Wir dagegen dichten und musizieren, wir bauen Kirchen und Kathedralen."

Monheim lächelte. „Denkt Ihr, die Moslems tun das nicht? Die Kunst des Lesens und des Schreibens ist bei ihnen viel verbreiteter als bei uns. Und in einigen Dingen sind sie uns sogar voraus."

„Jetzt werdet Ihr unverschämt“, brüllte Domherr von Lüttringhausen.

„Bringt mir ein Blatt Papier, und ich werde es Euch beweisen.“

Bischof Konrad gab einem Diener den entsprechenden Befehl.

„Nun, da sind wir aber gespannt“, verkündete er vergnügt. Im Gegensatz zu seinem Domherrn schien ihm der Meinungsstreit zu gefallen.

Kurz darauf erschien der Schreiber des Bischofs mit Papier, Feder und Tintenfass. Monheim erhob sich und legte das Papier auf seinen Hocker.

„In Spanien, wo die christliche und die arabische Kultur aufeinander stoßen, beginnt man bereits, die arabischen Zahlen zu verwenden. Nennt mir eine beliebige Zahl!“

„Eintausendachthundertsiebenundachtzig“, sagte Konrad.

Monheim schrieb etwas auf das Blatt und hielt es in die Höhe.

„Oben seht Ihr die gebräuchliche lateinische Schreibweise, darunter die arabische. Ihr werdet zugeben müssen, dass die arabische viel einfacher ist, vor allem, wenn man, was bei Kaufleuten ja recht häufig vorkommt, Summen zusammenzählen oder voneinander abziehen muss.“

Bürgermeister von der Wieck rutschte unruhig auf seinem Hocker herum. „Wie viele Zahlen gibt es denn im Arabischen?“

„Neun, von eins bis neun.“

Von der Wieck schaute triumphierend in die Runde. „Dann würde ich gerne die Zahl tausendzwei sehen.“

Monheim schrieb:

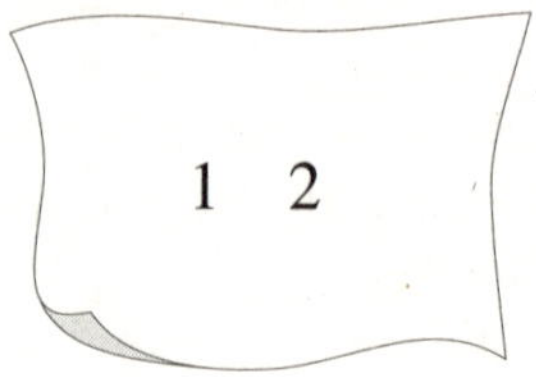

„Die Stellen für die fehlenden Zahlen lässt man frei“, erklärte er.

Der Bürgermeister war noch nicht überzeugt: „Besteht da nicht die Möglichkeit, tausendzwei mit hundertzwei zu verwechseln?“

„Bei hundertzwei wäre die Lücke kleiner. Oder man ersetzt die fehlenden Zahlen durch einen Kringel. So:

Den Kringel nennt man auch Null, weil *keine Zahl* im Lateinischen *nulla figura* heißt.“

Monheim reichte das Blatt herum, und die Herren bestaunten der Reihe nach die aufgemalten Zeichen.

„Das ist doch nur ein Kunststück“, sagte von Lüttringhausen verächtlich, „so, wie man Elefanten das Tanzen beibringen kann. Glaubt Ihr im Ernst, dass sich diese Zahlen bei uns durchsetzen werden?“

Der Kaufmann nickte. „Ja, davon bin ich überzeugt.“

Stadtrichter von Berdel, der bislang geschwiegen hatte, meldete sich erstmals zu Wort: „Herr von Monheim, Ihr seid ein Mann, der weit in der Welt herumgereist ist und der, wie Ihr uns eindrucksvoll bewiesen habt, von vielen Dingen Kenntnis hat. Vielleicht könnt Ihr uns bei einem Problem helfen, das uns beschäftigt.“

Monheim schaute den Richter aufmerksam an.

„Wisst Ihr, was sich hinter dem Namen Baphomet verbirgt?“

Der Kaufmann wurde bleich. „Nein“, sagte er rasch. „Baphomet kenne ich nicht. Wer soll das sein?“

„Das wüssten wir auch gerne“, meinte der Bischof, wobei er dem Richter einen scharfen Blick zuwarf.

„Hat Eure Frage etwas mit dem Mord zu tun, der letzte Nacht begangen wurde?“, erkundigte sich Monheim.

„Wie kommt Ihr darauf?“, fragte Berdel zurück.

„Ihr seid der Stadtrichter. Es ist Eure Aufgabe, den Mörder zu finden und zu verurteilen.“

„Zusammen mit den Gerichtsherren der Stadt“, warf Bürgermeister von der Wieck ein.

Monheim deutete eine Verbeugung an. „Selbstverständlich. Jedenfalls, Ritter von Berdel, wenn ich an Eurer Stelle wäre, würden sich meine Gedanken um den Mord drehen. Das ist der ganze Hintergrund meiner Frage.“

Berdel nickte. „Ich verstehe. Und um Eure Frage zu beantworten: Wir suchen eine Person, die Texte an Kirchentüren anschlägt, in denen mit Baphomet gedroht wird. Ob diese Person den Kaufmann Gerwinus Rike getötet hat oder nicht, wissen wir noch nicht."

„Nun aber genug von diesen scheußlichen Geschichten", entschied Bischof Konrad. „Ach, übrigens, lieber Monheim, übermorgen findet in Wolbeck ein Turnier statt. Wenn Ihr Lust habt, könnt Ihr uns dorthin begleiten."

„Mit dem größten Vergnügen", antwortete der Kaufmann.

Konrad erhob sich. „Es ist spät geworden. Ich denke, wir sollten den Abend beschließen."

Auch die anderen standen auf. Der Fürstbischof riet ihnen, auf dem Heimweg vorsichtig zu sein. Nach den Erfahrungen der letzten Nacht müsse man leider befürchten, dass auf den Straßen Münsters ein Mörder sein Unwesen treibe.

Arnd wälzte sich in seinem Bett und konnte nicht schlafen. Das lag nicht nur an dem lauten Schnarchen der Köchin, deren Bett keine drei Fuß von dem seinen entfernt stand. Arnd grübelte darüber nach, ob es richtig gewesen war, den Stadtrichter zu belügen. Hätte er zugeben sollen, dass er von dem Anschlag an der Lambertikirche wusste, ihn sogar gelesen hatte, als er zur Kirche zurückkam. Ihm war klar, dass der Text von einem Aufrührer stammte. Der Verfasser hatte die Kirche und den Bischof von Münster angegriffen, so viel verstand Arnd, obwohl er keine Ahnung hatte, wer mit Baphomet gemeint war. Aber allein die Tatsache, dass er den Text kannte, würde ihn in den Augen der Hohen Herren verdächtig machen.

Was, wenn Grete ihren Eltern die Wahrheit sagte und die mit der Geschichte zum Stadtrat liefen? Würde ihn der Stadtrichter dann verhören?

Arnd fröstelte unter der Bettdecke. Ritter von Berdel war als harter Hund bekannt. Bisher hatte noch jeder Verdächtige, der vom Richter in der Folterkammer verhört worden war, ein Geständnis abgelegt.

Plötzlich spürte Arnd einen Stich am Oberschenkel. Er langte hin und hielt den Floh zwischen Daumen und Zeigefinger. Das Knacken des Ungeziefers weckte die Köchin auf, die sofort begann, sich zu kratzen.

„Schlaf weiter, Lene!“, sagte Arnd. „Das war mein Floh.“

Kapitel IV

Ein böiger Wind pfiff durch die enge Gasse, und David Levi musste seinen gelben Spitzhut festhalten. Er hasste diesen lächerlichen Hut, aber die Kleidungsvorschriften besagten nun einmal, dass er ihn zu tragen habe, sobald er sein Haus verließ. Damit die Christen einen großen Bogen um ihn machen konnten und nicht in Gefahr gerieten, ihn versehentlich zu berühren.

Das war in Münster nicht anders als anderswo. Und eigentlich war es Levi ja auch ganz recht, dass die Juden unter sich blieben. Sie lebten in einem eigenen Vierteldirekt hinter dem Rathaus. Dort gab es eine Synagoge, eine Mikwe, in der die Frauen nach jüdischem Brauch baden konnten, und eine Scharne, wo koscheres Fleisch verkauft wurde.

Die jüdische Gemeinschaft in Münster war klein, doch das hatte auch seinen Vorteil: je weniger Juden, desto geringer der Judenhass. Außerdem standen sie unter dem besonderen Schutz des Fürstbischofs. Der garantierte nicht ganz uneigennützig für ihre Sicherheit, denn einerseits war er der größte Kreditnehmer, und andererseits gehörten die Juden dadurch quasi zu seinem Eigentum. Kein Jude durfte ohne Erlaubnis des Bischofs in einen anderen Ort ziehen. Rechtlich gesehen waren sie Unfreie. Das bedeutete, dass sie weder wählen noch Waffen tragen durften.

Aber auch das ließ sich ertragen, solange man sie in Ruhe ließ und die Geschäfte gut liefen. Und David Levis Geschäfte liefen nicht schlecht. Er war Geldverleiher. Aus den meisten anderen Berufen hatte man die Juden hinausgedrängt. Als

Unfreie konnten sie selbstverständlich nicht Mitglieder der Zünfte werden, also auch kein Handwerk ausüben. Was blieb da noch anderes übrig als der Geldverleih?

Zum Glück gab es in Münster genug Kaufleute, die Geld brauchten. Seitdem Münster zur Hanse gehörte, wurden die Warenmengen, die über weite Wege verschickt werden mussten, immer riesiger. Das erforderte Geld. Also ging man zu David Levi dem Geldverleiher. Adelige kamen aus anderen Gründen. Sie wollten gegenüber Ihresgleichen nicht zugeben, dass sie über ihre Verhältnisse lebten, und überschrieben ihm heimlich Ländereien oder Viehherden. Selbst geistliche Herren klopften an seine Tür, weil es Christen verboten war, Geistlichen Geld zu leihen.

Bei den Zinsen hielt sich Levi an die Vorschriften. Niemand sollte ihm vorwerfen können, er würde Wucherzinsen nehmen. Trotzdem hatte er im Laufe der Jahre ein beträchtliches Vermögen angehäuft. Genauer gesagt, es lagerte in der Kämmerei des Rathauses, gut bewacht von den städtischen Botmeistern.

Nach außen hin trat Levi bescheiden auf. Sein Haus war nicht allzu groß, er erlaubte sich keinen Luxus. Durch Protz weckte man nur unnötigen Neid. Seine Familie lebte gut, was wollte er mehr? Nein, er konnte nicht klagen.

Levi schaute nach oben. Die oberen Stockwerke der Häuser ragten immer weiter in die Gasse hinein, bis sie sich an den Dächern fast berührten. So war nur ein schmaler Streifen des dunklen Himmels sichtbar.

Der alte Jude lächelte grimmig. Sie waren schon komisch, diese Goi*. Jahrelang lebten sie friedlich mit den Juden zusammen, doch sobald ein junger Mann ermordet wurde oder eine Mühle abbrannte, zeigten alle auf die Juden. Dann wurden die alten Geschichten aufgewärmt, vom Ritualmord, davon, dass die Juden das Blut von Kindern trinken würden, von Hostienschändung und anderem Unfug mehr. Wenn selbst die Geistlichen einstimmten und von den Kanzeln gegen die Christusmörder hetzten, lag ein Pogrom in der Luft. Was half es da, dass die Juden ihre Unschuld beteuerten, dass sie versicherten, all das, was man ihnen vorwerfe, würde ihnen ihre eigene Religion verbieten? Niemand wollte es hören.

Etliche deutsche Kaiser hatten den Versuch unternommen, die Juden zu schützen, indem sie die Vorwürfe untersuchen ließen. Und ihre Kommissionen waren immer zu demselben Ergebnis gekommen: Nichts von dem, was man den Juden nachsagte, entsprach der Wahrheit. Doch gegen Aberglauben und jahrhundertealte Vorurteile konnte die Vernunft nichts ausrichten.

Dabei waren die Christen doch nichts anderes als eine jüdische Sekte. Wer war denn dieser Jesus Christus aus Judäa oder Galiläa gewesen, der seine Herkunft auf König David zurückführte? Ein Jude, ebenso wie seine Apostel und seine übrigen Anhänger. Die von den Christen verehrte Heilige Schrift enthielt die Bücher Mose, die Geschichte der jüdischen Königreiche und der jüdischen Propheten. Täglich lasen die Christen in ihren Kirchen Geschichten über Juden, sie sangen *Halleluja* und lobten damit den jüdischen Gott Jahwe. Am Ende ihrer Gebete sagten sie *Amen*, das hebräische Wort für ‚Ja, gewiss!'. Und doch hassten sie die Juden wie die Pest.

Jesus war ein Rabbi gewesen, der sich mit der Partei der Pharisäer angelegt hatte. Eigentlich nichts Besonderes, denn solange es Juden gab, hatten sie sich über die Auslegung der Schriften und die Einhaltung der Regeln gestritten. Das war vor tausend Jahren so gewesen, und so war es auch heute noch. Nicht die Juden, sondern die Römer hatten Jesus verhaftet, und Pontius Pilatus, der römische Statthalter in Palästina, hatte ihn zum Tode verurteilt.

Als dann später das Christentum römische Religion wurde, konnte man natürlich nicht die Römer für Christi Tod verantwortlich machen. Also sollten es die Juden gewesen sein. Saul, nach dem der Paulusdom benannt war, der keine tausend Fuß entfernt stand, hatte damit angefangen. Gerade Saul, der Jude und römischer Bürger zugleich war, der Christen verfolgt und ins Gefängnis geworfen hatte.

So war die Legende von den jüdischen Christusmördern entstanden, eine Legende, die vor Widersprüchen strotzte. Der Prozess vor dem Hohenpriester Kaiphas mitten in der Nacht – das jüdische Recht sagte sehr klar, dass Gerichtsverfahren nur am hellen Tag stattfinden durften. Und Kreuzigung war eine römische Hinrichtungsweise, keine jüdische.

Nein, Jesus war von Pilatus in einem Schnellverfahren verurteilt worden, so wie er es mit Tausenden von Juden gemacht hatte. Besonders an Pessah*, wenn viele Menschen nach Jerusalem strömten und es häufig zu Tumulten kam. Pilatus war wegen seiner Grausamkeit berüchtigt gewesen. Einfach lächerlich, dass er seine Hände in Unschuld gewaschen haben soll. Pilatus machte sich nichts daraus, Juden mit dem Tod zu bestrafen. Schließlich wurde es sogar seinen römischen Herrschern zu viel. Sie setzten ihn ab und beorderten ihn nach Rom zurück.

Genauso unglaubwürdig wie die Umstände, die angeblich zu seinem Tod führten, war die Herkunft dieses Jesus. Wie konnte er einerseits Gottes Sohn sein, geboren von einer Jungfrau, und andererseits von König David abstammen, der einer der Vorfahren des Zimmermanns Josef war? Wieso wurde er in Beth Lechem geboren, obwohl er doch aus Nazareth stammte? Vielleicht, weil das besser zu der Prophezeiung passte, der Prophezeiung, dass ein Messias aus dem Hause David kommen würde, um die Juden mit ihrem Gott zu versöhnen.

Nun, da war Jesus nicht der Einzige gewesen. Hundert Jahre später hatte Bar Kochba* das Gleiche behauptet. Auch er war gescheitert, von den Römern besiegt, die die letzten Juden aus Palästina vertrieben. Doch von dem neuen Messias hatte die Welt nichts mehr wissen wollen.

David Levi schüttelte den Kopf. Natürlich dachte er nicht im Traum daran, solche Gedanken gegenüber einem Goi zu äußern. Ein Sturm der Entrüstung würde ausbrechen. Sein Leben, seine Familie, ja, die ganze jüdische Gemeinde in Münster wäre in Gefahr. Da kannten die Anhänger des nichtjüdischen Juden Jesus Christus keine Gnade. Also hielt er den Mund. Die Juden hatten schon genug zu leiden.

Besonders schlimm wurde es, wenn eine Seuche im Land wütete. Stets waren die Juden daran schuld, weil sie angeblich die Brunnen vergiftet hatten. Als ob sie nicht dasselbe Wasser trinken würden! Kamen dann noch die verrückten Geißler, die sich bis aufs Blut auspeitschten und schrien, das Jüngste Gericht stehe bevor und wer eine gute Tat vollbringen wolle, solle die Mörder Christi umbringen, konnte man nur noch eines tun: sein Pferd satteln, so viel Geld wie möglich in die Satteltaschen stopfen und fliehen. Denn kurze Zeit später würden die Häuser der Juden in Flammen aufgehen.

Er hatte das als Junge in Süddeutschland erlebt. Die meisten Mitglieder seiner Familie waren in den Flammen gestorben. Von anderen Überlebenden hörte er, dass einige aus seiner Gemeinde ihre Häuser selber angezündet hatten, um den Folterungen, den Hinrichtungen oder der Zwangstaufe zu entgehen.

Die Furcht vor einem Pogrom hatte ihn das ganze Leben lang begleitet. Heute als alter Mann wusste er, dass es nicht nur religiöse Gründe für die Judenverfolgung gab. Manche, die Juden Geld schuldeten, sahen darin eine günstige Gelegenheit, ihre Schulden los zu werden. Mit den Häusern und den Juden verbrannten auch die Schuldscheine.

Obwohl sich in Münster seit Menschengedenken kein Pogrom ereignet hatte, steckte die Angst tief in seinem Inneren. Als er von dem Mord an Gerwinus Rike hörte, war sie neu erwacht. Rike war kein junger Mann mehr gewesen, sondern weit über dreißig, und in der Stadt gab es auch keinen aufgestauten Judenhass. Trotzdem war Levi in diesen Tagen noch vorsichtiger als sonst.

Der Türmer von Sankt Lamberti blies in sein Horn. Levi fröstelte, nicht nur wegen des kalten Windes. Ihm war gar nicht wohl dabei, allein durch die dunklen Gassen zu gehen. Aber der Mann, der ihn treffen wollte, hatte auf der späten Stunde bestanden.

Levi kannte den Grund dafür. Die Nachbarn sollten nicht sehen, dass ein Jude das Haus betrat. So hatte er sich einmal mehr überwunden und auf den Weg gemacht. Denn der Mann schuldete ihm eine Menge Taler, und davon wollte er heute einen großen Teil zurückzahlen.

Plötzlich hörte er Schritte hinter sich. Er begann schneller zu gehen. Die Schritte kamen näher. David Levi dachte an den Mörder von Rike, der frei herumlief. Er wollte rennen, doch dazu fehlte ihm die Kraft. Der kalte Schweiß brach ihm aus, sein Atem rasselte. Sollte er schreien, um Hilfe flehen?

Mit letzter Anstrengung hastete er in einen Innenhof. Dort stand ein Karren. Dahinter kauerte er sich zusammen, in der Hoffnung, nicht entdeckt zu werden.

Endlose Augenblicke vergingen. Dann taumelte ein Betrunkener die Straße entlang, nur mit sich und seinem Weg beschäftigt. Levi atmete auf. Seine Furcht war völlig unbegründet gewesen.

Als er sich aufrichtete, glaubte er ein Rascheln zu hören, wie von einem Umhang, der zurückgeschlagen wurde. Bevor er sich umdrehen konnte, spürte er die Schlinge an seinem

Hals. Die Schlinge schnürte ihm die Luft ab. Er öffnete den Mund. Das Letzte, was er hörte, war ein leises Krächzen.

Kapitel V

Fürstbischof Konrad von Berg murmelte den lateinischen Text der Liturgie. Er fühlte sich unwohl, in seinem Kopf fraß ein bohrender Schmerz. Vermutlich hatte er am Abend zuvor etwas zu viel Wein getrunken. Er wusste nicht mehr, wie viele Kelche es gewesen waren, vor allem von dem lieblichen zypriotischen, der ihm so gut gemundet hatte.

Und auch die Nachrichten, die ihn am frühen Morgen ereilt hatten, waren nicht dazu angetan gewesen, seine Stimmung zu heben. Schon wieder ein Mord, noch dazu an einem Juden, dem reichen Geldverleiher David Levi. Dabei war doch bekannt, dass die Juden unter seinem besonderen Schutz standen. Wenn jemand es wagte, einen Juden zu töten, dann grenzte das an Hochverrat.

Bischof Konrad hielt die Messe in der kleinen Kapelle, die zum Bischofspalast gehörte. Außer ihm war nur noch sein Diener anwesend, und so beeilte er sich, die Pflicht zu erledigen. Seine Gedanken kreisten ohnehin um andere Dinge.

Nach einer knappen halben Stunde sprach er die letzte Formel und eilte sofort hinaus. Im Flur, der von der Kapelle zu den Wohnräumen des Bischofs führte, wartete Stadtrichter von Berdel.

Berdel machte ein ernstes Gesicht. „Ihr habt es bereits vernommen, Exzellenz?“

„So ist es“, beschied ihn Konrad knapp. „Und ich hoffe, Ihr habt mir mehr zu sagen, als dass ein Unbekannter Hand an Levi gelegt hat.“

Der Stadtrichter senkte den Kopf. „So gerne ich es täte, Exzellenz, es ist mir leider nicht möglich. Levis Leiche ist erst heute früh gefunden worden, unter einem Karren. Letzte Nacht hat er sich auf den Weg zu einem Schuldner gemacht, wie ich von seiner Familie erfahren habe. Seine Söhne haben ihn noch gesucht, aber nicht gefunden."

„Wieso war er nachts unterwegs?", fragte der Bischof.

„Nicht alle Bürger sind so großzügig und offenherzig wie Ihr, Exzellenz", antwortete Berdel. „Viele möchten nicht zusammen mit einem Juden gesehen werden."

„Ja, ja, schon gut", murmelte Konrad. „Wie ist er ...?"

„Er wurde erdrosselt."

„Jede Nacht ein Mord, so geht das nicht weiter, Ritter von Berdel. Wir müssen etwas unternehmen."

Der Stadtrichter machte eine Handbewegung. „Ich würde vorschlagen, dass wir das gemeinsam mit den Bürgermeistern beraten. Ich habe mir erlaubt, sie in Eure Bibliothek zu laden. Schließlich sind die Morde auch städtische Angelegenheit, sie wurden ja auf städtischem Gebiet verübt."

Der Bischof seufzte. „Von mir aus."

„Ach ja, da ist noch etwas." Berdel zog eine Papierrolle unter seinem Umhang hervor. „In der letzten Nacht hat es auch wieder einen Anschlag gegeben, diesmal an der Ludgerikirche."

Konrad griff sich an den Kopf. „Ich ..." Er nahm das Papier. Die Buchstaben verschwammen vor seinen Augen. „Hier ist es zu dunkel für meine Augen. Lest es mir vor!"

Ritter von Berdel las:

Bürger von Münster!
Eher geht ein Kamel durch ein Nadelöhr, als dass ein Reicher in den Himmel kommt. So steht es in der Bibel geschrieben. Gilt das nicht auch für die Kirche, die sich zu Unrecht auf Jesus Christus beruft? Sie nimmt den Armen, anstatt ihnen zu geben. Schaut euch nur euren Bischof Konrad an! An seinen Fingern funkeln goldene Ringe, in seinen Kellern lagern die teuersten Weine. Bischof Konrad ist es nicht wert, dass ihr vor ihm niederkniet. Öffnet die Augen vor der Wahrheit, Bürger von Münster! Kehret zurück zur Gemeinschaft der Apostel! Sonst wird Baphomet über euch kommen!

„Der Teufel soll ihn holen!", fluchte Bischof Konrad. „Was hat dieser heimtückische Schreiberling gegen mich? Bin ich etwa der Einzige, der Ringe trägt? Und was gehen ihn meine Weine an? Ganz abgesehen von dem Baphomet-Unfug."

Bevor Berdel antworten konnte, ergriff der Bischof seinen Arm. „Kommt! Lasst uns mit den Bürgermeistern reden. Ich will endlich Taten sehen."

Ludwig von der Wieck und Eckehard Plönies erhoben sich, als die beiden Männer eintraten. Der Bischof streckte die Hand aus, damit die Bürgermeister seinen Ring küssen konnten.

„Setzt Euch!", sagte er barsch. Sein Mund war trocken, und er hätte gerne einen Schluck Wein getrunken. Aber vielleicht war es besser, vorerst einen klaren Kopf zu behalten.

„Ohne Umschweife, meine Herren“, begann er, als sich alle auf ihren Hockern niedergelassen hatten, „ich betrachte die Ermordung dieses Juden als einen Angriff, der sich gegen meine Person und das Amt des Fürstbischofs von Münster richtet. Jedermann in der Stadt weiß, dass die Juden unter meinem Schutz stehen. Ich bin nicht bereit, eine solche Tat hinzunehmen. Der Mörder muss gefunden werden, und zwar sofort. Und er muss auf die qualvollste Weise hingerichtet werden, die das Gesetz zulässt.“

„Mit Verlaub, Exzellenz“, sagte von der Wieck, „den Bürgern von Münster ist die Stellung der Juden bekannt. Ich glaube nicht, dass einer von ihnen es wagen würde, Hand an sie zu legen.“

„Und wer war es dann?“, herrschte Konrad ihn an.

Von der Wieck zuckte mit den Achseln. „Es lässt sich leider nicht verhindern, dass sich Kriminelle in der Stadt herumtreiben.“

„Werft das Gesindel aus der Stadt! Schließt die Stadttore! Es darf nicht noch einen Mord geben.“

„Aber, Exzellenz!“, sagte Plönies entgeistert. „Wie stellt Ihr Euch das vor? Der Frühjahrssend steht unmittelbar bevor. Sollen wir die Spielleute und Gaukler abweisen? Die Bürger freuen sich auf den Send. Wenn wir ihn absagen, wird es einen Tumult geben.“

„Und wenn die Morde weitergehen, wird es auch einen Tumult geben“, fauchte der Bischof. „Wollt Ihr die Hände in den Schoß legen und abwarten? Was gedenkt Ihr zu tun?“

„Wir haben bereits Maßnahmen ergriffen“, erklärte von der Wieck. „Die Wachen der Botmeister sind verstärkt worden. Den Schöffen in den Pfarrgemeinden haben wir Anweisung erteilt, dass in jeder Gemeinde zwei Fackelträger die Straßen abzugehen haben, von Sonnenuntergang bis Mitternacht. Das wird für Sicherheit sorgen. Außerdem haben wir die Kontrollen an den Stadttoren verschärft. Jeder, der sich irgendwie verdächtig macht, soll abgewiesen werden."

Konrad nickte gnädig. „Nun, das ist immerhin ein Anfang. Auch wenn ich nicht eher ruhen werde, bis der Mörder gefasst ist. Habt Ihr eigentlich Kenntnis von den Anschlägen an den Türen von Sankt Lamberti und Sankt Ludgeri?"

Die beiden Bürgermeister schauten sich an.

„Wir haben davon gehört", sagte von der Wieck zögernd.

„Und?"

„Der Inhalt ist uns nicht bekannt", wich der Bürgermeister aus.

Konrad wedelte mit der Hand. „Der Inhalt ist unwichtig. Schmähschriften, die die Heilige Kirche verunglimpfen."

„Denkt Ihr, dass sie aus der Hand des Mörders stammen?"

„Immerhin ist es auffällig", mischte sich der Stadtrichter ein, „dass in denselben Nächten, in denen die Morde geschahen, auch die Anschläge auftauchten. Das muss nicht bedeuten, dass es sich bei dem Mörder und dem Schmierfink um ein und dieselbe Person handelt. Trotzdem wäre es hilfreich, wenn wir den Schreiberling zu fassen bekämen. Habt Ihr einen Verdacht?"

„Nein", sagten beide Bürgermeister gleichzeitig.

„Allerdings ...", von der Wieck verstummte.

„Redet frei heraus!", forderte Konrad ihn auf.

„Die Absetzung von Fürstbischof Otto ist nicht von allen mit Freude aufgenommen worden. Sollten sich die Schmähschriften weniger gegen die Kirche in ihrer Gesamtheit, sondern vorrangig gegen die Person Eurer Exzellenz richten ..."

„Was wäre dann?", fragte Konrad lauernd, wobei er Ritter von Berdel einen kurzen Blick zuwarf.

„Dann", fuhr von der Wieck fort, „könnte ich mir vorstellen, dass der Verfasser unter den Anhängern des ehemaligen Fürstbischofs zu suchen ist."

Der Bürgermeister spielte darauf an, dass Fürstbischof Otto III. nach einem Kompetenzstreit mit dem Domkapitel vom zuständigen Metropoliten, dem Kölner Erzbischof Heinrich von Virneburg, abgesetzt worden war. Otto hatte dagegen Einspruch bei Papst Clemens V. erhoben, war jedoch vor einer Entscheidung des in Avignon residierenden Papstes gestorben. Die Wahl von Bischof Konrad lag jetzt drei Jahre zurück, doch noch immer musste er auf den Segen aus Avignon warten.

„Ein durchaus erwägenswerter Gedanke", sagte der Stadtrichter.

Nachdem die beiden Bürgermeister gegangen waren, blieben Bischof Konrad und Ritter von Berdel in der Bibliothek zurück. Konrad fühlte sich schwach, die Unterredung hatte seine Kopfschmerzen noch verschlimmert. Er beschloss, nicht länger auf einen stärkenden Trunk zu verzichten, und gab seinem Diener den Befehl, einen Krug Wein zu bringen. Der Stadtrichter begnügte sich mit Wasser.

Während der Diener den Kelch des Bischofs füllte, betrachtete Berdel die wertvollen Handschriften, die an den Wänden standen. Daneben lagerten Urkunden und die fürstbischöfliche Korrespondenz.

„Von der Wieck könnte Recht haben", sinierte der Stadtrichter. „Otto von Rietberg hat sich zwar mit den Domherren angelegt, doch in der städtischen Geistlichkeit besaß er eine Menge Freunde."

„Worum drehte sich der Streit genau?", fragte Konrad fahrig.

„Um die Neubesetzungen der Stellen des Subcellerars* und des Offizials*. Otto hat das Kapitel brüskiert. Die Domherren glaubten, einen Anspruch auf die Ämter und ihre Pfründe zu haben. Auf der anderen Seite hat er einigen Archidiakonen* ihre alten Rechte zurückgegeben."

„Wem zum Beispiel?"

„Dem Propst von Sankt Lamberti. Ottos Vorgänger hatte dem Propst die Pfarrkirche von Vreden entzogen, eine Entscheidung, die von Otto rückgängig gemacht wurde."

„Und an der Tür von Sankt Lamberti ..."

„... hing der erste Anschlag", ergänzte Berdel.

„Ihr solltet dem Propst auf den Zahn fühlen. Meine Vollmacht habt Ihr. Wer mich beschimpft, ob Propst oder nicht, soll nicht ungestraft davonkommen. Vielleicht werde ich mich gnädig dazu herablassen, ihn in ein Kloster zu verbannen. Aber nur, wenn er sich reuig zeigt."

„Bei allem Respekt, Exzellenz. Noch wissen wir nicht, ob der Propst hinter den Anschlägen steckt."

„Aber ..."

„Ich werde mich darum kümmern", sagte der Stadtrichter nachdenklich. „Seit gestern Abend geht mir allerdings noch etwas Anderes durch den Kopf. Habt Ihr bemerkt, wie bleich der Kaufmann wurde, als ich ihn nach Baphomet fragte?"

„Offen gestanden ..."

„Glaubt mir, Exzellenz, dieser Herr von Monheim weiß mehr, als er zugibt. Mit Eurer Erlaubnis werde ich auch ihn im Auge behalten."

„Tut, was Ihr für richtig haltet."

Konrad leerte den Kelch. Mit jedem weiteren Schluck schwanden die Kopfschmerzen und seine Sorgen schienen ihm erträglicher. Sicher würde die Geschichte ein gutes Ende nehmen. Und dann gab es ja morgen noch das Turnier in Wolbeck. Da wollte er sich vergnügen und keine Probleme wälzen.

„Ein Span vom Kreuz Christi", rief der Reliquienhändler. „Ein echter Holzspan von dem Kreuz, das unser Herr Jesus Christus nach Golgotha getragen hat. Für nur drei Taler.

Überlegt es euch, Leute! Eine solche Gelegenheit werdet ihr nie wieder bekommen.“

Arnd hatte einen kleinen Umweg gemacht, um zu sehen, was auf dem Markt passierte. Neben dem Reliquienverkäufer waren die ersten Gaukler und Kesselflicker eingetroffen. Da der Send noch nicht begonnen hatte, lagen die meisten auf ihren Wagen und ließen die Bierkrüge kreisen. Arnd hörte lautes Gelächter und dazwischen die schrillen Stimmen von Frauen. Mit einer Mischung aus Abscheu und Bewunderung betrachtete er die wilden Gestalten in ihrer zerlumpten Kleidung und den verfilzten Haaren, die das harte Leben auf der Straße der Sesshaftigkeit vorzogen.

Dann riss er sich los und ging weiter. Kleyhorsts Laune hatte sich merklich gebessert. Arnd vermutete, dass der prall gefüllte Beutel, den er dem Kaufmann gebracht hatte, ein Grund dafür war. Auch schien das Fieber, das Kleyhorst geplagt hatte, in der Nacht verschwunden zu sein.

Beinahe freundlich hatte der Fernhändler seinen Gehilfen beauftragt, sich nach weiteren Wünschen der beiden Edelsteinkaufleute zu erkundigen. Dabei hatte Arnd das bekannte Glitzern in den Augen seines Herrn bemerkt. Es trat immer dann auf, wenn Kleyhorst ein gutes Geschäft witterte.

Arnd hatte sich nicht anmerken lassen, dass er sich über den Auftrag freute. Die sonderbaren Kaufleute, die sogar vom Bischof eingeladen wurden, faszinierten ihn. Dieser Herr von Monheim wusste Dinge, von denen Arnd noch nie gehört hatte. Er hoffte, den Kaufmann anzutreffen und ihm ein paar Fragen stellen zu können.

Am Rande des Marktes hockte ein Bettler auf dem Boden. Unter seinem Rock ragte ein räudiges, blau angelaufenes Bein hervor.

Arnd lachte laut auf. „Wen willst du denn damit täuschen, Wigbold?“

Der Bettler öffnete den Mund, in dem ein einzelner, brauner Zahn sichtbar wurde: „Mach, dass du weiterkommst, Arnd!"

„Das Bein hast du dir bestimmt beim Scharfrichter besorgt."

„Hau ab! Verschwinde!", kreischte Wigbold.

Einige Leute blieben stehen. Arnd bückte sich rasch und zog an dem Bein. Der Stumpf war sauber abgehackt. Hastig sprang Wigbold auf und humpelte fluchend davon, begleitet vom Gelächter der Umstehenden.

Am Pranger vor dem Rathaus stand eine Hure. Ihr langes blondes Haar und das rote Kleid waren vollkommen verdreckt von den Abfällen, mit denen wütende Frauen sie beworfen hatten.

„Was starrst du so?", schrie sie Arnd an. „Hast du noch nie eine Hure gesehen?"

Arnd wendete sich ab und ging schnell weiter.

Auf sein Klopfen kam keine Antwort. Arnd stand vor dem kleinen Haus in der Nähe der Ludgerikirche und überlegte, ob er umkehren solle. Dann drückte er auf die Türklinke, die Tür war nicht verschlossen. Arnd betrat die Diele und rief den Namen Monheims. Keine Antwort. An den Wänden hingen Kleidungsstücke, auf dem Boden standen Krüge und Schüsseln, im Kamin glimmte ein Feuer – abgereist waren die Kaufleute offenbar noch nicht. Irgendwo schlug Metall auf Metall. Arnd horchte. Da war das Geräusch wieder. Er folgte der Richtung, aus der es kam, quer durch das Haus in den Stall, der auf der hinteren Seite an das Haus angebaut war. Der Nasenlose hielt einen Helm in der Hand, mit Visier und Nasenschutz.

„Was willst du?", fragte Ludolf von Eschwege.

„Ich ... Mein Herr schickt mich, um nach Euren Wünschen zu fragen."

„Wir haben keine Wünsche." Die gequetschte Stimme des Nasenlosen ließ Arnd einen Schauder über den Rücken fahren.

„Ist das ein Ritterhelm?"

„Was soll das sonst sein, Junge?"

„Seid Ihr denn ein Ritter? Ich dachte ..."

Eschwege legte den Helm ab und stellte sich breitbeinig vor den Kaufmannsgehilfen. „Ich wüsste nicht, was dich das angeht. Und wenn du beim nächsten Mal hierher kommst, dann warte gefälligst draußen, bis dich jemand einlässt! Hast du mich verstanden?"

Arnd war froh, als er wieder auf der Straße stand. Eines musste man dem Nasenlosen lassen: Er konnte einem richtig Angst einjagen.

Der Stadtrichter schaute Arnd hinterher. Der Junge war gerannt, als sei ihm der Leibhaftige auf den Fersen. Was mochte er wohl gesehen haben?

„Kann ich Euch helfen?", fragte eine Stimme neben ihm.

Ritter von Berdel drehte sich zu Monheim um.

„Ich nehme doch an, Ihr wollt zu uns?", setzte der Kaufmann hinzu.

„Das ist richtig, Herr von Monheim. Es gibt da eine Sache, die mir keine Ruhe lässt."

„Kommt herein!" Monheim öffnete die Tür und lud den Stadtrichter mit einer Handbewegung ein, ihm zu folgen.

„Es sieht hier nicht sehr gastfreundlich aus." Der Kaufmann räumte die Krüge und Schüsseln zur Seite. „Wir haben leider keine Diener, die für Ordnung sorgen." Er rückte zwei Schemel an den Kamin. „Setzt Euch!"

Der Stadtrichter blieb stehen. „Verzeiht, aber ich bin in Eile. In der letzten Nacht hat es wieder einen Mord gegeben.

Der Fürstbischof ist darüber sehr besorgt."

Monheim zog die Augenbrauen hoch. „Ich habe davon gehört. Ein Jude ist ermordet worden. Seid Ihr deswegen gekommen?"

„Nein, ganz und gar nicht. Es geht immer noch um Baphomet."

Die Miene des Kaufmanns versteinerte sich. „Dazu habe ich alles gesagt."

„Ich hatte gehofft, Euch würde noch etwas einfallen. Ihr seid ein viel gereister Mann, kennt Euch mit den Völkern des Morgendlandes aus und ihren Gebräuchen." Berdel lächelte höflich. „Euer Zahlenspiel war sehr eindrucksvoll. Gibt es rein gar nichts, was der Name Baphomet in Euch wachruft?"

„Wie kommt Ihr eigentlich auf Baphomet?", fragte Monheim.

Der Stadtrichter schaute ihn prüfend an. „Wenn Ihr mir versprecht, dass das, was ich Euch jetzt sage, unter uns bleibt ..."

„Ich werde schweigen wie ein Grab."

„Es existieren Drohungen, die sich gegen den Fürstbischof richten. In ihnen ist von Baphomet die Rede."

Der Kaufmann schüttelte den Kopf. „Alles, was ich Euch anbieten kann, sind Vermutungen."

„Manchmal helfen auch Vermutungen weiter."

„Baphomet könnte eine Verballhornung des Namens Mohammed sein. Im Französischen wird der islamische Prophet *Mahomet* ausgesprochen."

„Aha", brummte Berdel.

„*Bafh* bedeutet Taufe und *Meteos* Weihe, also könnte auch Johannes der Täufer gemeint sein."

„Nein, das glaube ich nicht."

Monheim lächelte bedauernd. „Wie ich bereits sagte, es handelt sich um reine Gedankenspiele."

Der Stadtrichter ging zur Tür. „Falls Euch noch mehr einfällt, zögert nicht, es mir mitzuteilen.“

Nachdenklich schritt Berdel über die Ludgeristraße. Für jemanden, der Unwissenheit vorschützte, erzählte Monheim erstaunlich viel. Mohammed, Johannes der Täufer. Wollte ihn der Kaufmann durch sein Gerede ablenken? Aber wovon? Und was machte eigentlich Arnd Wrede bei Monheim, der selbe Arnd Wrede, der vor zwei Nächten bei dem ermordeten Gerwinus Rike gesehen worden war?

Unraträumer schoben ihren Karren über die Straße. Der Stadtrichter trat zur Seite, um den Karren vorbeizulassen. Zu viele Fragen, auf die er keine Antworten hatte. Was bezweckte der Verfasser der Anschläge? Wusste er etwas über die Morde? War der Mörder von Gerwinus Rike auch für den Tod von David Levi verantwortlich?

Und der Fürstbischof drängte zur Eile. Konrad von Berg fürchtete um seine Macht. Täglich konnte eine Nachricht aus Avignon eintreffen. Der im französischen Exil lebende Papst galt als wankelmütig, abhängig vom Wohlwollen der Pariser Könige. Auf keinen Fall durfte Bischof Konrad den Eindruck erwecken, dass er ein schwacher Regent war. Und genau dies konnte geschehen, wenn die Morde und Anschläge nicht aufhörten. Der Bischof würde ihn, Ritter von Berdel, zum Sündenbock machen und seine Wut an ihm auslassen. Also musste er möglichst bald Erfolge vorweisen.

Missmutig ging der Stadtrichter weiter. In einem war er sich allerdings sicher: Der Propst von Sankt Lamberti war nicht der Verfasser der Anschläge. Weiß wie ein Laken war der Geistliche geworden, als Berdel ihm den Verdacht eröffnet hatte. Gezittert und gejammert hatte der Propst, um Gnade gefleht und die Heiligen angerufen. Schließlich bekam er sogar Nasenbluten. Der Stadtrichter hatte schon befürchtet, der Greis würde vor seinen Augen einen Blutsturz erleiden. Nein, dieser ängstliche alte Mann besaß nicht den Mut und die Verwegenheit, den Bischof zu verhöhnen.

Aber wer war es dann? Vielleicht, überlegte Berdel, sollte er die Sache von der anderen Seite angehen, jemanden um Rat bitten, der ein entschiedener Gegner des alten Fürstbischofs gewesen war.

Der Diener führte den Stadtrichter in den Kaminsaal der Kurie. Domherr von Lüttringhausen erwartete ihn mit einem spöttischen Lächeln.

„Euer Besuch erstaunt mich, Ritter von Berdel. Verdächtigt Ihr mich, der Meuchelmörder zu sein?"

„Nichts läge mir ferner, Herr." Berdel verbeugte sich. „Ich bin gekommen, um Euren Rat zu erbitten."

„In welcher Sache?"

„Ihr wart doch ein entschiedener Gegner des alten Fürstbischofs?"

„Oh ja, Otto von Rietberg hat das Domkapitel brüskiert, wo er nur konnte. Es passt zu ihm, dass er nach Avignon geflohen ist, um dem Heiligen Vater sein Leid zu klagen." Der Domherr bekreuzigte sich. „Möge seine Seele in Frieden ruhen! Das lange Warten auf eine Entscheidung muss ihn verzehrt haben. In Poitier verscharrt zu werden – was für ein Ende!"

„Tragisch, gewiss", pflichtete Berdel bei. „Trotzdem hat Bischof Otto nicht nur Feinde gehabt. Sogar im Domkapitel sollen einige auf seiner Seite gestanden haben."

Lüttringhausen schnaubte. „Es gibt immer und überall welche, die sich vor der Macht beugen. Otto von Rietberg weint niemand eine Träne nach, glaubt mir. Ihr solltet Euch mehr Sorgen um den jetzigen Fürstbischof machen."

„Warum?", fragte der Stadtrichter erstaunt.

„Es ist ein offenes Geheimnis, dass uns Konrad vom Kölner Erzbischof aufgezwungen wurde. Konrad war ja selbst für kurze Zeit Erzbischof von Köln, und man wollte ihn unbedingt mit einer Diözese abfinden."

„Aber Ihr und die anderen Domherren habt ihn gewählt", wandte Berdel ein.

„Was blieb uns anderes übrig? Das war Heinrich von Virnebergs Bedingung für die Entmachtung Ottos. Und vergesst nicht, über Bischof Konrad schwebt das Damoklesschwert eines Verdiktes aus Avignon. Besser, Ihr gewöhnt Euch nicht zu sehr an seine Nähe." Der Domherr legte seine Hand auf die Schulter des Richters. „Wer auch herrschen mag, ein guter Stadtrichter findet überall Verwendung. Denkt daran!"

„Ich verstehe", murmelte Berdel.

„Was wolltet Ihr eigentlich von mir wissen? Ich glaube, Ihr habt Eure Frage noch gar nicht gestellt."

„Meine Fragen haben sich erledigt", antwortete der Stadtrichter. „Was Ihr gesagt habt, genügt mir vollkommen."

Kapitel VI

Zwei Ritter nahmen Aufstellung. Sie mussten alle Kraft aufbieten, um die fast achtzehn Fuß langen Lanzen auszurichten. Dann gab der Herold das Zeichen. Die schwerfälligen Pferde setzten sich in Bewegung. Unter dem Gewicht ihrer gepanzerten Reiter kamen sie nur langsam in Trab. Die Menge wartete gespannt.

Der eine Ritter zielte auf den Hals seines Gegners, die Stelle, die am wenigsten vom Kettenpanzer geschützt war, der andere legte auf den lederbespannten und mit Eisen beschlagenen Holzschild an. Beide trafen im selben Augenblick. Doch der erste verfehlte sein Ziel, die Lanze rutschte an der glatten Rüstung ab. Der Stoß des zweiten dagegen zersplitterte nicht nur den Schild, er hob auch den Schildhalter aus dem Sattel. Scheppernd landete der Verlierer auf der Wiese. Die Gäste auf der Ehrentribüne jubelten dem Gewinner zu, das gemeine Volk hinter den Absperrungen johlte.

Bischof Konrad winkte Egbert von Monheim zu sich. „Da seid Ihr ja! Ihr habt einige schöne Kämpfe verpasst." Die Augen des Bischofs glänzten, sein Atem roch nach Wein. „Für den Vormittag ist ein Tjost* angesetzt, nach dem Mittagessen geht es dann mit einem Buhurt* weiter. Natürlich darf das Schwert nur mit der flachen Seite geführt werden, wir wollen ja nicht, dass allzu viel Blut fließt."

Monheim setzte sich neben den Bischof. „Hat der Papst nicht diese Art von Turnieren mit dem Kirchenbann bedroht?"

Konrad blinzelte. „Der eine Papst sagt dies, der andere das. Deshalb gibt es in Deutschland ebenso wie in Frankreich und

England nicht weniger Turniere. Wo sollen sich die jungen Ritter und Adeligen denn sonst im Kampf üben? Gott sei's gelobt, dass die Kriege immer seltener werden. Und die Heißsporne wollen den Mädchen imponieren. Also wäre ich doch ein schlechter Hirte, wenn ich es ihnen verbieten würde."

Ein neues Ritterpaar trabte auf den Turnierplatz. Der Herold rief die Namen und die Titel aus. Insgesamt vierundsechzig Ritter nahmen an dem Turnier teil. Wer am Ende sechs Kämpfe siegreich überstand, war der Sieger. Ihm winkte ein stattlicher Preis des Fürstbischofs. Allerdings hatte auch jeder Gewinner eines Zweikampfs Anspruch auf die Rüstung und das Pferd des Geschlagenen, wenngleich etliche der edleren und aus begütetem Hause stammenden Teilnehmer großmütig darauf verzichteten.

Die Ritter preschten aufeinander zu. Diesmal blieben beide im Sattel. Da aber die Lanze des einen zerbrach, galt er als Verlierer.

„Alle Edlen meines Hochstiftes sind hier versammelt", flüsterte der Bischof. „Auch die Grafen von Werl, Tecklenburg und Hoya mit ihren Familien. Einige der Grafensöhne reiten selber mit. Da fällt mancher Ritter freiwillig aus dem Sattel." Konrad blinzelte Monheim mit einem Auge zu. „Wer möchte schon den Zorn eines Grafen auf sich ziehen? Wie auch immer – wenn die Bader ihre Arbeit getan haben und die Verletzungen versorgt sind, gibt es heute Abend ein großes Festmahl."

Zwei weitere Lanzenträger ritten vor die Ehrentribüne. Während bei dem einen die Pferdedecke, der Schild und das Fähnchen am Helm mit Wappen geschmückt waren, trat der andere ohne Familienzeichen an. Der Herold verkündete, dass der wappenlose Ritter unerkannt bleiben wolle.

„Ein Glücksritter", sagte der Bischof verächtlich. „Er hat schon zwei Gegner aus dem Sattel geholt. Ich mag diese Kerle nicht, die von einem Turnier zum anderen reiten und nur abkassieren."

Egbert von Monheim starrte den grauen Ritter an, als habe er einen Geist erblickt.

„Ist Euch nicht gut?", erkundigte sich Konrad vertraulich.

„Nein, es ist nichts", antwortete der Kaufmann tonlos.

„Ich würde zu gern wissen, wer er ist." Der Fürstbischof winkte seinen Diener herbei und gab ihm den Befehl, sich im Schreibzimmer der Herolde zu erkundigen.

„Gegenüber den Herolden muss er seine adelige Herkunft ja nachweisen. Sonst kommt nachher noch ein Bauernlümmel auf die Idee, einen Ritter zum Duell herauszufordern."

Konrad lachte über seinen Scherz, etwas gequält stimmte Monheim ein.

Inzwischen hatte der unbekannte Ritter auch seinen dritten Gegner auf die Wiese geworfen. Ohne sein Visier zu heben ritt er sofort zu den Stallungen zurück.

Nach zwei weiteren Kämpfen erschien der Diener wieder auf der Tribüne und flüsterte seinem Herrn die Antwort ins Ohr.

„Ich hab's doch gewusst." Bischof Konrad beugte sich herüber und hauchte Monheim eine saure Weinfahne ins Gesicht. „Er trägt einen blauen Schrägstrich im Wappen, ein Bastard also. Und sein Name ist Ludolf von Eschwege."

Der Kaufmann nickte nur.

In den folgenden Stunden reihte sich Kampf an Kampf. Auf der Tribüne erlahmte die Aufmerksamkeit, man plauderte miteinander, machte den Damen den Hof und hielt sich an den Weinkelchen fest.

Schließlich kündigte ein Fanfarenstoß das Finale an. Die beiden Ritter, die alle ihre Duelle gewonnen hatten, ritten auf den Turnierplatz. Die Sympathie der Ehrengäste galt eindeutig Ritter von Lüdinghausen, der seine Lanze stolz in den

Himmel reckte. Er wurde mit Hochrufen empfangen, während sein Gegner, der wappenlose Ritter, nur Zischen und Buhrufe erntete.

Die Reiter brachten ihre Pferde in Position. Auf der Tribüne wurde es still, sogar das Volk hinter den Absperrungen wartete gespannt. Der Herold gab das Zeichen.

Die Pferde trabten an, erst in gemächlichem Ritt, dann immer schneller werdend. Die bunten Lanzen funkelten im Sonnenlicht. Holz krachte auf Metall.

Beide Ritter blieben im Sattel. Der Wappenlose hielt nur noch einen Holzstumpf im Arm, seine Lanze war abgebrochen. Die Adeligen und das Volk schrien vor Begeisterung auf. Doch einen Augenblick später erstarb der Jubel. Ritter von Lüdinghausen rutschte langsam aus dem Sattel. Die abgebrochene Lanze steckte in seinem Oberschenkel.

Ungerührt lenkte der graue Ritter sein Pferd zur Tribüne. Bisher hatte er auf die Rüstungen und Pferde seiner geschlagenen Gegner verzichtet, doch den Preis des Fürstbischofs wollte er sich nicht entgehen lassen.

Bischof Konrad stand auf, um den mit Talern gefüllten Beutel zu überreichen.

„Öffnet das Visier!“, schrien einige. Sofort fielen andere ein.

Der Wappenlose streckte seine Hand aus.

Konrad zog den Beutel zurück. „Öffnet erst das Visier! Wir wollen sehen, wer sich unter dem Helm verbirgt.“

Der Ritter zögerte kurz, dann klappte er das Visier nach oben. Ein Raunen ging durch die Reihen.

„Hoffentlich ist das kein schlechtes Omen“, stöhnte Konrad, nachdem Ludolf von Eschwege mit dem Gewinn davongeritten war. „Ausgerechnet ein Mann ohne Nase muss beim Tjost siegen.“

Auch Egbert von Monheim sah nicht sehr glücklich aus.

Arnd hatte das kleine Haus neben der Ludgerikirche seit den frühen Morgenstunden beobachtet. Mit der Lüge, sein Großvater liege im Sterben und er wolle den alten Mann noch ein letztes Mal sehen, hatte er sich von Kleyhorst einen freien Tag erbettelt. Wie vorauszusehen, war das nicht einfach gewesen. Kleyhorst hatte gegrummelt, der Tod sei nun mal das Schicksal des Alters und kein Grund, die Arbeit zu schwänzen. Doch glücklicherweise kam Kleyhorsts Frau Clara vorbei, die ihren Mann schalt und drängte, er solle den Wunsch des Jungen erfüllen. Als Arnd sich in gespieltem Schmerz die Augen rieb, blieb dem Kaufmann keine andere Wahl. Wohl oder übel ließ er seinen Gehilfen ziehen.

Der Nasenlose hatte das Haus zuerst verlassen. Bei Anbruch der Morgendämmerung ritt er davon, ein schwer beladenes Packpferd hinter sich her ziehend. Geraume Zeit später folgte Monheim. Auch er hatte sein Pferd gesattelt, was Arnd als gutes Zeichen ansah. Dass sie ihre Pferde nahmen, bedeutete, dass sie die Stadt verlassen wollten und nicht so schnell zurückkommen würden.

Natürlich wusste Arnd von dem Turnier in Wolbeck, und er hoffte, dass die beiden Kaufleute dorthin unterwegs waren. Das würde ihm genug Zeit lassen, seinen Plan ungestört zu verwirklichen.

Trotzdem wartete er noch eine gute Stunde, bis er sein Versteck verließ. Sein Magen knurrte, denn am Morgen hatte er auf den üblichen Brei verzichtet. Noch bevor sich die Köchin am Herd zu schaffen machte, war er durch die Hintertür verschwunden.

Jetzt näherte er sich dem Haus von der Rückseite. Er hatte sich überlegt, dass es am einfachsten sei, durch den Stall ins Haus zu kommen. Zum einen konnte er dort nicht so leicht gesehen werden, zum anderen waren Stalltüren meistens nicht besonders gesichert.

Und tatsächlich war die Stalltür nur mit einem Riegel verschlossen. Er steckte einen Holzspan durch die Ritze und schob den Riegel nach oben. Die Stalltür sprang auf, Arnd schlüpfte ins Innere. Ein einsames Pferd glotzte ihn mit großen Augen an.

Arnd ging weiter und kam in die Diele. Die Bretter unter seinen Füßen knarrten bei jedem Schritt. Mit einem mulmigem Gefühl im Bauch sah er sich um. Der Tatendrang, den er am Vortag verspürt hatte, war wie weggeblasen. Was machte er eigentlich hier? Was ging es ihn an, woher die seltsamen Kaufleute kamen und was sie in Münster trieben? Wenn einer der beiden zurückkäme und ihn hier erwischte, konnte ihn das seine Stellung kosten. Und was suchte er überhaupt?

Auf einmal kam ihm alles vollkommen töricht vor. Er brachte sich in Gefahr, und das nur, weil er seine Neugier nicht zu zügeln vermochte.

Schon wollte er den Rückweg antreten, als er noch einmal innehielt. Hatte er so viel riskiert, um dann aus lauter Feigheit Hals über Kopf zu flüchten? Wenigstens einen kurzen Blick in die Truhen der Kaufleute konnte er werfen. Darauf kam es jetzt auch nicht mehr an.

Hastig stieg er die Treppe hinauf. Im oberen Stockwerk befanden sich zwei Schlafkammern. Arnd öffnete die Türen und sah, dass beide bewohnt waren. Ohne nachzudenken entschied er sich dafür, zuerst die rechte Kammer zu durchsuchen.

In der Mitte des Raumes stand ein Bett mit Baldachin und dicht daneben eine große Eichentruhe. Zusammen mit einer Waschschüssel und einem Nachttopf bildeten sie die gesamte Einrichtung.

Oben in der Truhe lagen gewöhnliche Kleidungsstücke. Arnd schob sie zur Seite und wühlte in den tieferen Schichten. Seine Hände stießen auf einen eckigen Gegenstand. Er holte ihn heraus und sah, dass es sich um ein Bronzebild handelte. Das Bild zeigte einen Mann mit zwei Gesichtern, die in verschiedene Richtungen blickten. So etwas hatte Arnd noch nie gesehen. Die Bilder, die er kannte, waren auf Kirchenwände gemalt und stellten Geschichten aus der Bibel dar. Ein Mann mit zwei Gesichtern war nicht darunter.

Er legte das Bild auf die Kleidungsstücke und griff erneut in die Truhe. Diesmal erwischte er ein Kreuz. Es fühlte sich seltsam an, und als er es herauszog, sah er auch, warum. Es war kein gewöhnliches Kreuz, sondern ein Tatzenkreuz mit jeweils zwei Spitzen an den vier Enden. Arnd spürte, wie ihm das Blut in den Adern gefror. Jetzt wusste er, wer die Kaufleute waren.

Der Buhurt war in vollem Gange. Bei der nachgestellten Reiterschlacht kamen zunächst wieder die stumpfen Lanzen zum Einsatz, danach aber wurde Mann gegen Mann gekämpft, mit Schwert und Morgenstern. Trotz der Regeln, die besagten, dass man mit dem Schwert nur schlagen und nicht stechen dürfe, floss bald das erste Blut. Denn in der Hitze des Gefechtes verlor mancher Ritter seine Beherrschung.

Nach dem Mittagessen hatte sich der Fürstbischof zur Familie des Grafen von Hoya gesellt. Egbert von Monheim stand etwas abseits auf der Tribüne. Er war in Gedanken versunken und bemerkte den Stadtrichter erst, als dieser ihn ansprach.

„Sagt, Herr von Monheim, dieser unbekannte Ritter, der das Turnier gewonnen hat – seid Ihr ihm schon einmal begegnet?“

Der Kaufmann schaute zu Boden.

„Adelige ohne Nase sind eine Seltenheit. Wie ich hörte, hat Euer Begleiter die seine ebenfalls verloren.“

„Ihr vermutet richtig“, sagte Monheim. „Ludolf von Eschwege ist mein Freund.“

„Wie kommt es, dass ein Ritter als Kaufmann tätig ist?“

„Seine Familie ist verarmt. Ludolf hat sich in jungen Jahren dem Orden vom Hospital angeschlossen. Nach den Kämpfen auf Rhodos, bei denen ihm seine Nase abgeschlagen wurde, ist er aus dem Orden ausgetreten.“

„Ein Johanniter“, sagte der Stadtrichter verwundert. „Das erklärt Eure guten Kenntnisse vom Morgenland. Oder seid Ihr selbst auch ein Kreuzritter gewesen?“

„Und wenn es so wäre?“

Berdel lächelte. „Verzeiht, Herr von Monheim. Es ist eine dumme Angewohnheit von mir, ständig Fragen zu stellen. Das Amt des Stadtrichters hat mich zu einem misstrauischen Menschen gemacht.“

„Grete!“, wisperte Arnd.

Das Mädchen hing im Garten Wäsche auf.

„Was machst du hier, Arnd Wrede?“

Arnd huschte hinter ein Bettlaken, so dass er vom Haus aus nicht zu sehen war.

„Wenn dich mein Vater hier sieht, kriegst du Ärger.“

Er gab ihr einen Kuss. „Dein Vater sollte sich mit mir abfinden. Schließlich bin ich sein zukünftiger Schwiegersohn.“

Grete lachte leise. „Das wird ihm nicht gefallen. Musst du nicht arbeiten?“

Arnd erzählte ihr, wie er Kleyhorst belogen und sich im Haus der Kaufleute umgesehen hatte. „Du glaubst nicht, was ich gefunden habe.“

„Was denn?“

„Ein Templerkreuz. Dazu ein Bildnis von einem Mann mit zwei Gesichtern.“

„Tatsächlich?“ Grete furchte die Stirn.

„Ja. Ich bin sicher, dass die beiden Tempelritter waren oder es immer noch sind."

„Ist der Orden nicht verboten worden?"

„Stimmt. Wegen Ketzerei und Unzucht."

„Arnd!" Die Stimme des Mädchens zitterte. „Du musst zu den Bürgermeistern gehen."

„Ich weiß nicht. Es heißt, der König von Frankreich habe es nur auf das Vermögen des Tempelordens abgesehen."

„Ketzer zu schützen ist eine Sünde."

Arnd zuckte mit den Schultern. „Wenn ich zu den Bürgermeistern gehe, werden sie verhaftet und womöglich gefoltert. Ich meine, der Nasenlose ist wirklich etwas seltsam. Aber den anderen finde ich ganz nett."

„Grete!", rief eine Frauenstimme im Haus.

„Überleg dir gut, was du tust!", flüsterte das Mädchen.

„Das werde ich. Übrigens, der Stadtrichter hat mich gefragt, ob ich an dem Abend, als Gerwinus Rike ermordet wurde, allein in der Kirche war."

„Du hast ihm doch nicht etwa gesagt ..."

„Nein."

„Grete!", rief die Stimme erneut.

„Danke." Grete hauchte ihm einen Abschiedskuss auf die Stirn und lief zum Haus.

Arnd wartete hinter dem Bettlaken, bis er unbemerkt verschwinden konnte.

Kapitel VII

Der Herd strahlte eine wohlige Wärme aus. Arnd saß zusammen mit Bernd, dem Stallknecht, am Küchentisch und löffelte seinen Brei, eine klebrige und geschmacklose Pampe aus Hafer und Gerste. Immerzu gab es Brei, morgens, mittags und abends, dazu am Mittag ein Stück Brot und am Abend etwas Gemüse. Nur sonntags, da kam zur Feier des Tages ein Huhn oder ein Stück Schweinebraten auf den Tisch.

Manchmal, wenn Kleyhorst einen Kaufmann aus Köln oder Hamburg in seinem Haus beherbergte, fielen für die Dienerschaft Reste der edlen Speisen ab, die die Köchin der Herrschaft zubereitete, herrlich gewürzte Soßen, in Salz eingelegter Fisch oder die sauren Gurken, die Arnd besonders gern aß. So knauserig Kleyhorst gewöhnlich war, bei solchen Gelegenheiten ließ er das Beste auftischen, was im Keller lagerte.

Das einzig Gute am Brei war, dass er den Magen wärmte und das Hungergefühl vertrieb. Bernd grunzte, wischte sich mit dem Ärmel über den Mund und stand auf.

„Ich kümmere mich mal um das Vieh."

Neben etlichen Pferden besaß Kleyhorst auch Schweine und ein paar Rinder, die auf einer Wiese innerhalb der Stadtmauern standen.

Die Köchin machte sich mit einer Schüssel Milchbrei auf, das jüngste der Kleyhorst-Kinder zu füttern, einen kränkelnden Wurm, der den nächsten Winter wohl nicht überleben würde.

Arnd blieb am Küchentisch sitzen. Seine Gedanken kreisten um die beiden Tempelritter. Warum waren sie nach Münster gekommen? Waren sie aus Frankreich geflohen und suchten hier einen Unterschlupf? Woher stammten die Edelsteine, mit denen sie handelten – aus dem Besitz des Ordens? Und wie, um Himmels Willen, sollte er sich verhalten? Sollte er sie verraten oder so tun, als wüsste er von nichts?

Kleyhorst kam in die Küche. „Wie geht's deinem Großvater?"

Arnd guckte ihn verständnislos an.

„Dein Großvater! Oder warst du etwa nicht in Nienberge?"

„Doch, natürlich", sagte Arnd schnell. „Er hat sich gefreut, mich noch einmal zu sehen, bevor es mit ihm zu Ende geht."

„Na schön, dann kannst du ja jetzt wieder deine Arbeit machen. Als erstes gehst du zu den beiden Kaufleuten an der Ludgerikirche. Herr von Monheim war gestern Abend hier und hat sich nach dir erkundigt. Er möchte, dass du so schnell wie möglich zu ihm kommst. Ich weiß nicht, was er an dir gefressen hat, es soll mir aber auch egal sein. Frag, was er wünscht, und erledige seinen Auftrag. Von mir bekommt er dafür die Rechnung."

Arnd fühlte, wie sich der Brei in seinem Bauch in einen Klumpen verwandelte.

„Was ist?", fuhr ihn der Kaufmann schroff an. „Willst du den ganzen Tag am Küchentisch sitzen?"

Der Gehilfe sprang auf. „Nein, Herr. Ich bin schon unterwegs."

Konnte Monheim etwas bemerkt haben, fragte sich Arnd, als er zur Ludgerikirche lief. Würde er ihn zur Rede stellen? Sollte er nicht vielleicht doch Gretes Rat befolgen und zu den Bürgermeistern gehen?

Plötzlich fiel ihm der prall gefüllte Beutel ein, den ihm Monheim übergeben hatte. Ahnte Kleyhorst womöglich, wem er das Haus vermietet hatte, und ließ er sich sein Stillschweigen teuer bezahlen? Würde er dann nicht die Wut seines Herrn herausfordern, wenn er die Tempelritter anschwärzte?

Von den vielen Fragen wurde Arnd fast schwindelig. Er wusste nicht mehr, was er denken sollte. Aber vielleicht gab es auch eine harmlose Erklärung für Monheims Verlangen, ihn zu sehen.

Mit pochendem Herzen klopfte der Junge an die Tür des kleinen Hauses.

Monheim öffnete. „Ach, du! Komm herein!"

„Ihr habt nach mir gefragt?"

„Ja." Monheim schloss die Tür. Der Nasenlose stand mit abgewandtem Gesicht neben dem Kamin.

„Jemand war gestern hier im Haus. Weißt du etwas darüber?"

„Ich?", stotterte Arnd. „Nein, ich ... war bei meinem Großvater in Nienberge."

„Lüge", donnerte der Nasenlose. „Ich habe dich gesehen."

„Aber ..."

„Gestern Morgen, als ich ausritt. Du dachtest wohl, ich würde dich nicht bemerken."

„Ich bin zufällig hier vorbeigekommen."

„Auf dem Weg nach Nienberge?", höhnte Monheim. „Das Ludgeritor führt nicht nach Nienberge."

Arnd wurde rot.

„Rede, Bursche!", fuhr ihn Monheim an.

„Ich habe nichts gestohlen", verteidigte sich Arnd.

„Das habe ich auch nicht behauptet. Was hast du gesucht?"

„Ich war nur neugierig. Ich wollte wissen, wer Ihr seid."

„Und? Was glaubst du, wer wir sind?"

Arnd schaute zu Boden. „Ich habe keine Ahnung."

„Er lügt schon wieder", grollte der Nasenlose.

Monheim schüttelte enttäuscht den Kopf. „Wir werden uns bei Kleyhorst über dich beschweren müssen."

„Nein, Herr!", sagte Arnd schnell. „Ich bitte Euch! Er wird mich entlassen, und ich stehe kurz vor dem Abschluss meiner Ausbildung. Ich verspreche Euch, dass ich mit niemandem darüber reden werde."

Die beiden Männer blickten sich an.

„Worüber wirst du mit niemandem reden?", fragte Monheim lauernd.

„Darüber, dass Ihr Tempelritter seid."

Im Raum wurde es so still, dass man die Holzwürmer in den Wänden hörte. Mit Erschrecken nahm Arnd wahr, dass es für ihn kein Entrinnen gab. Monheim stand zwischen ihm und der Tür und den Weg zum Stall versperrte der Nasenlose. Er war den beiden Templern auf Gedeih und Verderb ausgeliefert.

Monheim räusperte sich. „Was hast du über die Tempelritter gehört?"

„Was man sich so erzählt." Seine eigene Stimme kam Arnd fremd vor. „Dass der Orden aufgelöst wurde, dass es einen Prozess gibt wegen ..."

„Ja?"

„Na ja, wegen Ketzerei, Götzenkult und Unzucht."

„Und du glaubst, dass die Vorwürfe berechtigt sind?"

„Ich bin nur ein kleiner Kaufmannsgehilfe, Herr. Woher soll ich wissen, was richtig ist und was falsch. Allerdings", setzte er rasch hinzu, „habe ich auch gehört, dass der König von Frankreich die Inquisition angerufen hat, weil er sich die Schätze des Ordens aneignen wollte, und dass der Papst zunächst gezögert hat, weil er von der Unschuld der Templer überzeugt war."

„Du bist gar nicht so schlecht unterrichtet“, bemerkte Monheim.

Arnds Mund war vollkommen ausgetrocknet. „Was werdet Ihr jetzt tun?“

Monheim schaute zum Nasenlosen. „Was meinst du, Ludolf? Was sollen wir mit ihm machen?“

Eschwege schnaufte. „Das fragst du noch? Wir packen unsere Sachen und verschwinden. Den da nehmen wir mit. Wenn wir weit genug von der Stadt entfernt sind, lassen wir ihn laufen.“

Arnd schluckte. Oder sie bringen mich um, dachte er.

„Es gibt noch eine andere Möglichkeit“, sagte Monheim langsam. „Er scheint ein schlauer Bursche zu sein.“

„Ihm unser Leben anvertrauen? Bist du wahnsinnig?“

„Und was war gestern?“, fauchte Monheim. „Du musstest ja unbedingt am Turnier teilnehmen. Jetzt weiß die ganze Stadt, dass wir Ritter sind.“

„Na und?“

„Der Stadtrichter ist ein misstrauischer Mensch. Ich bin mir nicht sicher, ob er meine Geschichte geglaubt hat.“

Der Nasenlose starrte ins Feuer. „Tu, was du für richtig hältst!“

„Komm mit!“, sagte Monheim zu Arnd. „Lass uns ein paar Schritte gehen!“ Er legte seine Hand auf die Schulter des Jungen. „Ich vertraue dir. Hoffentlich enttäuschst du mich nicht.“

Sie gingen durch das Ludgeritor und über die Zugbrücke, die nachts hochgezogen wurde. Einige alte Männer angelten im Wassergraben, der die Stadtmauern umgab. Als sie an den Äckern vorbeischritten und sich immer weiter von der Stadt entfernten, kehrte Arnds Furcht zurück. Zuerst hatte er sich maßlos erleichtert gefühlt und nicht daran gedacht, dass das

Ganze eine Falle sein könnte. Vielleicht war Monheims Verständnis nur gespielt und der Templer plante, ihn hier draußen kaltblütig zu ermorden.

„Keine Angst“, sagte Monheim, als hätte er Arnds Gedanken erraten, „dir droht keine Gefahr. Das, was über den Templerorden verbreitet wird, ist zum größten Teil die Erfindung seiner Feinde. Ich glaube, du bist jemand, der seinen Kopf gebrauchen kann. Überlege selbst: Wenn das, was über uns gesagt wird, zuträfe, wären wir dann nicht vorsichtiger gewesen? Hätten wir uns so einfach überraschen und von König Philipp gefangen nehmen lassen? Gerade weil wir unschuldig sind und dem König vertraut haben, konnten uns seine Soldaten überrumpeln. Die Geständnisse, von denen man jetzt hört, sind unter der Folter erpresst worden. Und obwohl man sie mit dem Leben bedroht, beteuern noch immer viele meiner Brüder ihre Unschuld.“

„Wie seid Ihr entkommen?“, fragte Arnd.

„Ludolf und ich waren in England, als der schöne Philipp seine Hunde von der Kette ließ. Der englische König zögerte einige Wochen, dem Beispiel des Franzosen zu folgen. In dieser Zeit konnten wir fliehen.“ Der Tempelritter schaute in die Ferne. „Dass wir unschuldig sind, bedeutet nicht, dass wir keine Fehler gemacht haben. Oh ja, der Orden hat eine Menge Fehler gemacht. Kennst du unseren offiziellen Namen?“

Arnd schüttelte den Kopf.

„Pauperis commilitones Christi templique Salomonici Hierosalemitanis. Die armen Soldaten Christi vom Tempel Salomons in Jerusalem. Miliz Christi oder Arme Brüder, so nannten wir uns selbst. Arm war jeder Einzelne von uns, doch der Orden verfügte über unermessliche Reichtümer. Und da wir in unseren Burgen und Komtureien ein klösterliches Leben führten und uns von der Welt abschlossen, galten wir bald als hochmütig. Brüder, die wegen Verfehlungen aus dem Orden ausgeschlossen wurden, verbreiteten Gerüchte über unseren angeblich unsittlichen Lebenswandel, sie erzählten Geschichten über Unzucht und Götzenanbeterei. So kam eins zum anderen. Vor allem fehlte uns nach dem Fall des Heiligen Landes eine Aufgabe. Unser letzter Großmeister, Jacob von Molay, vermochte es leider nicht, dem Orden einen neuen Sinn zu geben. Verstehst du, was ich meine?"

„Nicht ganz, Herr", gestand Arnd.

Monheim seufzte. „Die Zeit der großen Kreuzzüge ist vorbei. In Europa begeistert sich niemand mehr für die Eroberung Jerusalems. Wir Templer hatten stets zwei Ideale: die Treue zum Papst und die Verteidigung Jerusalems. Heute ist der Papst ein Gefangener Frankreichs, und in Jerusalem regieren die Mamelucken. Der Fall Akkons besiegelte das Schicksal des Kreuzfahrerreiches. Das war vor über zwanzig Jahren, im Mai Zwölfhunderteinundneunzig. *Die ersten beim Angriff, die letzten beim Rückzug*, so lautete unser Motto. In Akkon kam es noch einmal zum Tragen. Zehn Tage lang verteidigten wir unser Stadtschloss gegen die Mamelucken, die bereits die Stadtmauern durchbrochen hatten. Dann mussten wir aufgeben. Wir waren die Letzten, die aus Palästina abzogen. Was danach kam, ist nicht der Rede wert. Ein paar kleinere Militäraktionen in Ägypten und vor Tortosa. Nicht einmal die Mamelucken nahmen uns noch ernst. So verloren wir auch unsere Achtung in Europa. Die Deutschritter zogen in die Länder des Ostens, die Johanniter eroberten Rhodos, wir begnügten uns damit, unsere Besitztümer zu verwalten. Das war unser Fehler."

Monheim schwieg. Arnd dachte an das Bildnis, das er in der Truhe des Kaufmanns gefunden hatte.

„Und wieso hat man Euch Götzenanbeterei vorgeworfen?"

„Ich weiß es nicht. Wir sind Christen. Der große Bernhard von Clairvaux hat unsere Ordensregeln entworfen. Böse Zungen behaupten, wir würden den Teufel anbeten oder geheime Idole verehren. Nichts davon ist wahr."

„Und wer ist der Mann mit den zwei Gesichtern?"

„Welcher Mann?", Monheim lachte auf. „Richtig, du hast ja das Bild entdeckt. Das ist kein Idol. Es hing in unserer Burg in England. Ich habe es mitgenommen, weil es mich an das erinnert, was ich verloren habe. Das Bild stellt Janus dar, den römischen Gott des Jahreswechsels, der mit einem Gesicht auf die Vergangenheit zurückblickt und mit dem anderen in die Zukunft schaut." Der Tempelritter blieb stehen. „Und jetzt sollten wir nach Münster zurückkehren, um die Gegenwart ins Auge zu fassen."

Kapitel VIII

Hildegard Rademacher ging über den Roggenmarkt, ohne das Treiben um sie herum zu beachten. In ihrem Kopf überschlugen sich die Gedanken. In den letzten Tagen war vieles geschehen. Ihr Leben, das bis dahin in mehr oder weniger ruhigen Bahnen verlaufen war, geriet plötzlich ins Schleudern. Natürlich war ihr bewusst gewesen, dass es so kommen konnte. Sie besaß keinerlei Rechte, hing ab vom Wohlwollen eines Mannes, der sie als Kebsweib* hielt. Der Mann ließ sie in einem seiner Häuser wohnen und zahlte, was sie zum Leben brauchte. Dafür musste sie ihm zu Willen sein, wann immer ihm danach war. Auch das ließ sich ertragen. Der Mann war im Grunde kein schlechter Kerl. Sie hatte sich an seine Launen gewöhnt. Sie kochte ihm, was er gerne aß, und sorgte dafür, dass die Kinder nicht störten. Und er war ja oft unterwegs. Wenn er sich in Münster aufhielt, kam er zwei- oder dreimal in der Woche vorbei für den Abend und manchmal die Nacht. Im Laufe der Jahre war sie die anerkannte Zweitfrau des Mannes geworden. Alle wussten davon, auch die angetraute Ehefrau. Die hatte sich zähneknirschend mit Hildegard abgefunden, was blieb ihr auch anderes übrig. Der Mann war reich, er konnte tun, was er wollte.

So waren sie gemeinsam älter geworden. Hildegard hatte drei Kinder zur Welt gebracht, zwei konnten inzwischen für sich selber sorgen, das dritte war als Säugling gestorben. Der Mann kam seltener vorbei, er schaute sich nach jüngeren Frauen um. Auch das störte Hildegard nicht, solange er ihr genügend Geld zukommen ließ. Und da er ein Mensch war, der in der Stadt Achtung genoss und Verantwortung trug, zögerte er nicht, seinen Verpflichtungen nachzukommen.

Alles hätte so weitergehen können. Doch dann war der Mann plötzlich gestorben. Aus heiterem Himmel traf Hildegard die Nachricht, dass Gerwinus Rike ermordet worden war. Und auf einmal war nichts mehr so wie vorher.

Die gedemütigte Witwe ließ ihr keine Zeit zur Trauer. Gleich am Tag nach dem Mord hatte sie Hildegard aus ihrer Wohnung vertrieben. Zwei Knechte waren erschienen und hatten ihre Sachen achtlos auf die Straße geworfen. Hildegard konnte nur das Nötigste aufsammeln und bei ihrer älteren Schwester anklopfen, die sie alles andere als freudig empfing. Für ein paar Tage kannst du bleiben, hatte die Schwester gemurmelt, dann musst du verschwinden. Hildegard war eine ehrlose Frau, nicht viel besser als eine Hure. Die lüsternen Blicke ihres Schwagers sagten alles.

Die letzten Nächte hatte sie auf einem Strohsack im Zimmer der Mägde verbracht. Tagsüber war sie durch die Stadt gelaufen, um der vorwurfsvollen Miene der Schwester zu entgehen. Ständig dachte sie darüber nach, wohin sie gehen und wovon sie leben sollte. Allzu viele Möglichkeiten blieben ihr nicht. Die ersten Zähne waren ihr bereits ausgefallen. Mit ihren neunundzwanzig Jahren und dem schlechten Ruf, der ihr anhing, würde sie in Münster keinen ehrbaren Mann finden, der sie zur Frau nahm. Auch als Amme oder Dienstmädchen war sie inzwischen zu alt. Und nach der langen Zeit des süßen Lebens hatte sie ohnehin keine Lust, von morgens bis abends zu placken. Da würde sie sich lieber neben die anderen Huren an das Ufer der Aa stellen. Wenn man sie schon für eine Hure hielt, konnte sie genauso gut eine werden. Es gab Schlimmeres. Nämlich zu hungern oder kein Dach über dem Kopf zu haben.

Hildegard schaute zu dem Badehaus, das an der nächsten Straßenecke stand. Vielleicht sollte sie gleich damit anfangen. Im Badehaus trieben sich oft Frauen herum, die Männern für ein paar Pfennige gefällig waren. Was war schon dabei? Wenn sich eine Gelegenheit ergäbe, würde sie nicht Nein sagen. Wenn nicht, dann hätte sie wenigstens mal wieder gebadet. Ihr letztes Bad in warmem Wasser lag etliche Monate zurück. Die Preise waren enorm gestiegen, seitdem Holz immer knapper und teurer wurde.

Hildegard hob den Kopf und schritt schneller. Ihr Entschluss gab ihr neuen Mut. Die dumpfe Hoffnungslosigkeit, in die sie nach dem Tod von Rike gefallen war, wich einer fast übermütigen Laune. Den Mann, der ihr mit einigem Abstand folgte, bemerkte sie nicht.

Während sie sich ihrer Kleider entledigte, dachte Hildegard an die Mitgift, die sie sich für ihr neues Leben beschaffen wollte. Im Bett, nach dem Beischlaf, hatte Rike geredet. Er hatte ihr Dinge erzählt, von denen wohl niemand außer ihr wusste. Über die alte Vettel, die zu Hause saß und vor Wut schäumte. Über seine Söhne, die er für unfähig hielt. Über seine Reisen und seine Geschäfte. Rike vertraute ihr vollkommen. Was sollte sie auch mit ihrem Wissen anfangen? Es wäre ja töricht von ihr gewesen, sein Wohlwollen aufs Spiel zu setzen.

Meistens hörte Hildegard nur mit halbem Ohr zu. Sie hatte gelernt, an den richtigen Stellen Zustimmung oder Ablehnung zu äußern und so zu tun, als würde sie seinen Worten begierig lauschen. Vermutlich war es ihm völlig gleichgültig, ob sie sich langweilte oder nicht. Er redete gern zwischen Abend und Nacht, und sie musste zuhören, das war Teil ihrer Abmachung.

Natürlich blieb einiges von dem, was er erzählte, in ihrem Gedächtnis hängen, Geschichten über Leute, die Hildegard kannte. Mit einigen Kaufleuten aus Münster hatte Rike weite Reisen unternommen. Gefährliche Reisen, bei denen es manchmal auf Leben und Tod ging.

So wie bei dem Mann, den Hildegard heute besucht hatte. Der Mann schuldete Rike noch eine Menge Geld, weil dieser ihn freigekauft hatte. Jetzt, wo Rike tot war, brauchte Hildegard keine Rücksicht mehr zu nehmen. Sie konnte ihr Wissen in Geld verwandeln. Trotzdem war sie bescheiden geblieben, weil sie den Mann nicht gegen sich aufbringen wollte. Sie verlangte nur ein Bruchteil dessen, was er an Rike hätte zahlen müssen. Aber auch das würde reichen, um ein paar Monate ohne Sorgen zu leben, vielleicht sogar ein ganzes Jahr, wenn sie sparsam war.

Zuerst war der Mann wütend geworden. Das hatte Hildegard vorausgesehen. Sie hatte sich alles genau zurechtgelegt. Sie machte ihm klar, dass er sie nicht einfach aus dem Haus jagen konnte, dass er sich ins eigene Fleisch schneiden würde, wenn er nicht auf ihre Forderung einginge. Und schließlich hatte er eingelenkt. Er hatte versprochen, ihr das Geld zu zahlen. Morgen würde sie es abholen.

Hildegard stieg die Stufen zu dem kleinen Becken hinab, das mit warmem Wasser gefüllt war. Auf der anderen Seite saßen zwei Frauen, die laut über eine Geschichte lachten, die sie sich gegenseitig erzählten. Hildegard schloss die Augen und genoss die wohlige Wärme. Sie fühlte sich schläfrig. Die Frauenstimmen wurden leiser. Hildegard öffnete die Augen wieder und sah, dass die Frauen den Raum verließen. Dampfschwaden stiegen von der Wasserfläche auf.

Neben ihr plätscherte es. Ein Mann hatte sich in das Bekken gleiten lassen. Hildegard betrachtete ihn von der Seite. Er hatte verfilzte Haare und einen zotteligen Bart. Ein Hirte oder Stallknecht, vermutete sie.

Sie drehte sich zu ihm. „Na, schöner Mann", sagte sie mit einer tiefen, lockenden Stimme, „hast du nicht Lust auf ein kleines Spiel?"

Der Knecht grinste. „Warum nicht?"

„Es kostet aber eine Kleinigkeit."

„Wie viel?"

„Zehn Pfennige."

Der Kerl lachte. „Zu teuer."

„Na schön", knurrte sie enttäuscht. „Fünf."

Er rückte näher. „Und was bekomme ich dafür?"

„Alles, was du willst."

Seine Hand betatschte ihre Brust.

„Erst das Geld", sagte Hildegard.

Er lachte erneut. „Du bekommst es später." Seine Hand wanderte höher und streichelte ihren Hals. „Vielleicht."

Sie wollte sich aufrichten. „Was soll das heißen?"

Die Hand umfasste ihren Hals und hielt sie unten. „Das, was ich gesagt habe."

Sie versuchte ihn abzuschütteln, strampelte wild im Wasser. Er war zu stark. Mit beiden Händen umklammerte er jetzt ihren Hals. Sie bekam keine Luft mehr. Plötzlich begriff sie, dass das kein Spiel war, dass er sie wirklich umbringen wollte. Verzweifelt schlug sie ihm ins Gesicht. Er heulte auf und drückte ihren Kopf unter Wasser. Durch die trübe Brühe sah sie seinen aufgerissenen Mund. Dann wurde es dunkel.

Kapitel IX

Grete will dich treffen", flüsterte Lene, die Köchin. „Sie wartet an der Lambertikirche."

„Jetzt?", fragte Arnd erstaunt.

Lene nickte verschwörerisch. „Ich habe sie auf dem Markt getroffen. Irgendetwas schien ihr auf der Seele zu brennen. Sie meinte, es sei ganz furchtbar dringend."

Ihr Vater hat einen Bräutigam für sie gefunden, schoss es Arnd durch den Kopf. Das, was er immer befürchtet hatte.

Lene, die schon öfter als Botin zwischen Grete und Arnd gedient hatte, deutete sein Zögern falsch. „Lauf nur, Junge! Mach dir wegen Kleyhorst keine Sorgen! Ich werde ihm erzählen, dass du etwas für mich besorgen sollst."

Arnd bedankte sich bei Lene. Mit beklommenem Gefühl schlich er durch die Hintertür hinaus, um Kleyhorst nicht über den Weg zu laufen.

Grete ging an der Seitenfront der Kirche auf und ab. Schon von weitem konnte Arnd sehen, dass ihr schmales Gesicht sehr bleich war. Sein Magen zog sich zusammen. Die schlimmsten Befürchtungen schienen sich zu bestätigen.

„Grete!"

Sie zuckte zusammen, gab ihm dann einen flüchtigen Kuss auf die Wange. „Komm!"

„Wohin?"

„Zu meinen Eltern."

Er fühlte sich wie vor den Kopf geschlagen. „Aber ... wieso?"

„Ich habe ihnen von dir erzählt. Sie wollen dich kennen lernen."

Grete nahm seine Hand und zog ihn hinter sich her. Arnd wusste nicht, wie ihm geschah. Einerseits fühlte er sich erleichtert, andererseits zitterten ihm die Knie. Oft hatte er in Gedanken diese Begegnung durchgespielt. Er hatte sich vorgestellt, wie er Gretes Vater gegenübertreten und um die Hand seiner Tochter bitten würde. Jetzt traf es ihn vollkommen unvorbereitet.

„Ich ... ich muss mich umziehen, meine Sonntagskleidung anlegen."

„Das ist nicht so wichtig", schalt ihn Grete und zog heftiger. „Denkst du, sie wissen nicht, wer du bist?"

Arnd erinnerte sich an die Sonntagsmessen in der Lambertikirche. Meistens hatte er Gretes Nähe gesucht, um ihr Blicke zuwerfen zu können. Grete kam stets in Begleitung ihrer Eltern. Natürlich hatten sie ihn gesehen, und sicher hatten sie sich bei Grete erkundigt, wer denn der junge Mann war, der sie angaffte.

Er taumelte hinter Grete her. Das alles ging viel zu schnell. Schon standen sie vor dem stattlichen, lehmverputzten Haus, das sich in einer kleinen Gasse hinter der Lambertikirche befand. Gretes Vater war Zimmerer, ein Handwerksmeister, der etliche Gesellen beschäftigte, ein Mann, der es zu Ansehen und Wohlstand gebracht hatte. Wie würde er ihn, den kleinen Kaufmannsgehilfen ohne Vermögen, aufnehmen?

Grete öffnete die Tür und schob Arnd in die Diele. Hier war es dämmrig, im Kamin brannte kein Feuer. Seine Augen mussten sich erst an das fahle Licht gewöhnen, das durch die Pergamentfenster hereinfiel. Und doch wusste Arnd sogleich, dass er in eine Falle gegangen war.

„Nun, Arnd Wrede", sagte der Stadtrichter, „ich denke, du hast uns einiges zu sagen."

Hinter Ritter von Berdel standen zwei Botmeister.

Arnd hob trotzig den Kopf. „Ich wüsste nicht, was das sein sollte."

Der Stadtrichter machte eine unwillige Handbewegung. „Grete hat ihren Eltern alles erzählt."

Arnd schaute zu Grete, die seinem Blick auswich.

„Dass die beiden angeblichen Kaufleute, die dein Herr beherbergt, in Wahrheit Templer sind", fuhr der Stadtrichter fort. „Gretes Vater hat nicht gezögert, seine Pflicht als Bürger zu erfüllen und die Bürgermeister davon zu unterrichten. Und dasselbe erwarte ich auch von dir."

Arnd schwieg.

„Du willst nicht reden?", fragte Berdel mit schneidender Stimme.

Arnd schwieg weiter.

Der Stadtrichter gab den beiden Botmeistern ein Zeichen.

Bürgermeister von der Wieck betrachtete ihn bekümmert. „Mach dich nicht unglücklich, Arnd! Vielleicht ist an der Sache ja gar nichts dran. Du hast etwas gesehen, das deine Fantasie angestachelt hat. Und dann bist du zu Grete gegangen und wolltest sie mit der Geschichte von den Tempelrittern beeindrucken. Sieh mal, wir könnten die beiden Herren auch verhaften und vorführen lassen. Aber wie stünden wir da, wenn sich deine Vermutung als falsch erweist, wenn sie gar keine Tempelritter sind? Wir würden uns bis auf die Knochen blamieren und du würdest mächtigen Ärger von Meister Kleyhorst bekommen. Also sag uns, was du weißt!"

Arnd biss sich auf die Unterlippe.

„Legst du es darauf an, dass dir der Scharfrichter die Folterinstrumente vorführt?", mischte sich Ritter von Berdel ein.

Von der Wieck warf dem Stadtrichter einen missbilligenden Blick zu. „Ich glaube nicht, dass das notwendig ist.

Ich kannte Arnds Vater, er war ein unbescholtener Mann."

„Mag ja sein", widersprach Berdel. „Aber der Junge ist verstockt. Und wir haben nicht den ganzen Tag Zeit. Die beiden angeblichen Kaufleute kamen mir von Anfang an verdächtig vor. Ihr wart doch selbst dabei, als der eine erzählte, er habe Jerusalem mit eigenen Augen gesehen. Und der andere hat am Turnier in Wolbeck teilgenommen. Er ist auf jeden Fall ein Ritter."

„Sie haben nichts Böses getan", sagte Arnd.

Die beiden Männer drehten sich zu ihm um.

„Ja, sie sind Tempelritter, oder besser gesagt, sie waren es, bis der Orden aufgelöst wurde. Warum wollt Ihr ihnen daraus einen Strick drehen?"

Berdel sog scharf die Luft ein. „Hüte deine Zunge, Junge! Oder weißt du nicht, mit wem du redest? Sag uns lieber, wie du darauf kommst!"

„Sie haben es mir gesagt."

Der Stadtrichter lachte verächtlich. „So? Sie haben es dir gesagt? Willst du uns verscheißern? Warum sollten sie so verrückt sein, sich einem kleinen Kaufmannsgehilfen auszuliefern, ihm mir nichts dir nichts verraten, dass sie einem verfemten, in ganz Europa geächteten Orden angehören?"

„Ich ..."

„Ja?", kam es lauernd vom Stadtrichter.

„Ich habe mich in ihrem Haus umgesehen und da ... da habe ich ein Templerkreuz gefunden."

Der Bürgermeister schüttelte den Kopf. „Warum bist du damit nicht gleich zu uns gekommen?"

Arnd machte einen letzten, verzweifelten Versuch. „Monheim und Eschwege sind ehrenwerte Herren. Sie haben mir versichert, dass nichts von dem, was man dem Templerorden vorwirft, der Wahrheit entspricht. Der Papst ist ein Gefangener des Königs von Frankreich ..."

„Schweig!", fuhr ihn der Bürgermeister an. „Sonst redest du dich noch um dein Leben. Die Worte des Papstes in Zweifel ziehen. Himmel! Ich glaube, die beiden haben dir den Geist verwirrt."

Arnd sackte in sich zusammen. Was hatte er nur getan? Warum hatte er nicht den Mund gehalten? Durch sein törichtes Gerede brachte er die Tempelritter in größte Schwierigkeiten. Womöglich würde man sie töten. Und das war allein seine Schuld.

„Was machen wir jetzt?", fragte von der Wieck den Stadtrichter.

„Wir sollten den Bischof unterrichten", sagte Berdel. „Seine Exzellenz mag entscheiden, was mit den beiden zu geschehen hat."

Von der Wieck nickte. Sollte sich der Bischof mit den Templern herumschlagen. Er, der Bürgermeister, hatte schon genug Verantwortung zu tragen. Vor kaum mehr als einer Stunde war ihm ein neuer Mord gemeldet worden. Drei Morde innerhalb weniger Tage. Die Unruhe in der Stadt war mit Händen zu greifen. Und was den Templerorden anging – das war eindeutig eine kirchliche Angelegenheit.

Seufzend betrachtete er das Häufchen Elend, das vor ihm im Ratssaal kauerte.

„Arnd", sagte er mit einer Stimme, die nicht unfreundlich klang, „du musst vorläufig im Verlies bleiben. Bis die Sache geklärt ist."

Zwei Botmeister, die im Hintergrund gewartet hatten, zogen den Unglücklichen hoch und schleiften ihn weg.

„Behandelt ihn anständig!", rief von der Wieck ihnen nach. „Er ist kein Verbrecher."

„Und ich habe ihn auch noch zu einem Festmahl eingeladen. Ganz zu schweigen von dem Turnier in Wolbeck. Alle haben gesehen, dass er neben mir auf der Tribüne saß. Oh Gott!“ Fürstbischof Konrad schüttelte sich, als hätte ihn der Leibhaftige angehaucht.

Stadtrichter von Berdel und Bürgermeister von der Wieck zeigten angemessenes Mitgefühl, enthielten sich aber jeglichen Kommentars.

Der Bischof straffte seinen massigen Körper. „Es gibt nur eine Möglichkeit, meinen Ruf wiederherzustellen: Wir müssen Härte zeigen, unnachsichtige Härte. Alle Welt soll wissen, dass wir gegenüber Ketzern keine Gnade kennen.“

„Wie lautet Eure Anweisung?“, fragte der Stadtrichter.

„Nehmt die Templer fest! Ich werde das Domkapitel einberufen und vorschlagen, dass den beiden der Prozess gemacht wird. Falls sie gestehen und ihre schändlichen Taten bereuen, können sie mit dem Leben davonkommen. Ansonsten ... “ Der Bischof machte eine eindeutige Handbewegung.

„Vorausgesetzt, dieser Junge hat sich nicht geirrt“, warf Ritter von Berdel ein.

„Natürlich. Das ist Eure Aufgabe. Tut, was Ihr für notwendig haltet! Unterzieht die beiden meinetwegen einem Peinlichen Verhör! Unter der Folter werden sie schon ein Geständnis ablegen. Wenn sie nicht gänzlich unschuldig sind, was ich bezweifle, will ich ein Urteil, versteht Ihr?“

Der Stadtrichter nickte. „Wie Ihr wünscht, Exzellenz.“

Bürgermeister von der Wieck räusperte sich. „Es gibt noch ein anderes Problem, Exzellenz. Ein weiterer Mord hat sich ereignet.“

„Was ist nur los in dieser Stadt?“, flüsterte Konrad mit heiserer Stimme. „Warum haben sich alle gegen mich verschworen? Sagt schon, wen hat es diesmal erwischt?“

„Eine Frau. Hildegard Rademacher. Sie wurde im Badehaus ertränkt.“

„Eine Hure?“, fragte der Bischof.

„Möglich, dass sie ihren Körper verkauft hat. Nebenbei war sie das Kebsweib von Gerwinus Rike, dem Kaufmann, der vor einigen Tagen ermordet wurde."

„Ein Mord an einer Hure ist nicht so wichtig", entschied Konrad. „Niemand wird sich darüber aufregen. Das fällt in Eure Zuständigkeit. Kümmert Euch darum oder ..." Er stockte. „Wartet! Wann haben die Morde begonnen? Vor wenigen Tagen, nicht wahr? Als die Templer schon in der Stadt waren."

„Worauf wollt Ihr hinaus?", fragte Berdel.

„Dass Ketzern alles zuzutrauen ist. Wäre es nicht möglich, dass sie auch die Morde begangen haben?"

Der Stadtrichter verzog skeptisch das Gesicht. „Dafür gibt es nicht den Funken eines Beweises."

Konrad klatschte in die Hände. „Dann findet Beweise! Seht Ihr nicht die Gelegenheit, die sich uns bietet? Mit einem Schwertstreich könnten wir uns alle Unbill vom Hals schaffen. Im wahrsten Sinne des Wortes." Der Fürstbischof freute sich über seine gelungene Metapher.

Ritter von Berdel holte tief Luft. „Ich werde mein Bestes tun."

„Nichts anderes habe ich erwartet. Ach ja!" Der Bischof nickte dem Bürgermeister zu. „Ihr dürft Euch zurückziehen, werter Herr von der Wieck. Ich muss mit dem Stadtrichter noch eine andere Sache besprechen."

Von der Wieck erhob sich steif und küsste den Ring des Fürstbischofs. Als er die Tür hinter sich geschlossen hatte, sagte Konrad: „Es hat einen neuen Anschlag gegeben, am Kloster der Benediktinerinnen. Lest selbst! Das Papier liegt auf dem Tisch."

Berdel holte das Papier und las:

Ihr Bürger von Münster!
Seltsame Dinge geschehen in dieser Stadt. Ehrbare Bürger werden heimtückisch ermordet. Münster ist nicht länger ein Hort der Glückseligen. Baphomets faulige Hand hat sich auf die Stadt gelegt und hält sie fest in ihrem Würgegriff. Und wem habt Ihr das zu verdanken?
Dem Mann, der in Eurer Mitte thront. Fürstbischof Otto war ein harter, aber gerechter Herrscher. Nicht so sein Nachfolger, der sich mit Völlerei und Hurerei abgibt und den wahren Glauben längst verloren hat. Jagt Bischof Konrad aus der Stadt – und alles wird sich zum Besseren wenden!

Berdel rollte das Papier zusammen. „Das Übliche."

Konrad grunzte. „Bis auf die Stelle mit Fürstbischof Otto. Von der Wieck scheint Recht zu haben: Der Verfasser der Schmierereien ist ein Anhänger des früheren Fürstbischofs. Ich hätte nicht gedacht, dass dem noch jemand eine Träne nachweint. Da fällt mir ein: Was ist eigentlich mit dem Propst von Sankt Lamberti? Habt Ihr ihm gehörig eingeheizt?"

„Ja, und er ist so unschuldig wie der erste Schnee."

„Trotzdem, diesem Hundsfott muss das Handwerk gelegt werden. Noch haben die Anschläge nicht viel Aufsehen erregt."

„Zum Glück können die meisten Münsteraner weder lesen noch schreiben."

„Ja, gewiss ...“ Der Bischof verstummte und wirkte geistesabwesend.

„Exzellenz?“, fragte der Stadtrichter.

Konrad schaute Berdel eindringlich an. „Mir kommt da gerade ein Gedanke. Wirft man den Templern nicht vor, dass sie Götzen und Idole anbeten, dem Teufel den Arsch küssen und ähnliche Ungeheuerlichkeiten mehr? Wäre es nicht möglich, dass Baphomet das geheime Wesen ist, das sie verehren? Habt Ihr nicht selbst gesagt, dass Monheim bleich wurde, als Ihr den Namen erwähntet?“

Berdel dachte nach. „Schon. Aber ...“

„Was aber?“

„Wenn ich ein Tempelritter auf der Flucht wäre, würde ich mich verkriechen und still verhalten und nicht Leute umbringen und Texte an Kirchentüren anschlagen.“

„Ihr seid aber kein Tempelritter. Wie wollt Ihr wissen, was in diesen kranken Köpfen vorgeht? Und nun geht und schafft mir den sauberen Herrn von Monheim und seinen nasenlosen Freund herbei! Ich möchte sehen, wie sie vor Angst zittern.“

Kapitel X

Egbert von Monheim und Ludolf von Eschwege standen in Ketten vor Fürstbischof Konrad von Berg. Sie hatten sich widerstandslos festnehmen lassen, nachdem der Stadtrichter mit einer großen Schar Bewaffneter das kleine Haus in der Nähe der Ludgerikirche umstellt hatte.

„So, Ihr seid also Tempelritter“, sagte Konrad.

Monheim schwieg, auf seinen Lippen spielte ein hochmütiges Lächeln. Eschwege schwieg auch, allerdings lächelte er nicht.

„Das hier habe ich in ihren Kammern gefunden.“ Ritter von Berdel präsentierte zwei Templerkreuze, die er dem Bischof überreichte. „Ebenso dieses Bild.“ Berdel winkte einen Botmeister herbei, der das Bildnis des Mannes mit den zwei Gesichtern hochhielt.

Bischof Konrad bekreuzigte sich. „Oh, das ist vermutlich eines der Idole, die Ihr anbetet.“

„Unfug“, sagte Monheim. „Das Bild stellt den römischen Gott Janus dar.“

„Kein gläubiger Christ würde einen römischen Gott verehren“, versetzte Konrad.

Monheim schnaubte. „Ich verehre ihn nicht, noch bete ich ihn an. Ich bewundere die Schönheit des Bildes, die Kunst der Gestaltung. Mit der gleichen Logik könntet Ihr sagen, dass Christenmenschen nicht von Donnerstag oder Freitag reden dürften, weil diese Tage nach den germanischen Göttern Donar und Frija benannt sind.“

Konrad wischte den Einwand beiseite. „Eure Spitzfindigkeiten helfen Euch nicht weiter. Ich hätte schon misstrauisch werden sollen, als Ihr die Frechheit besessen habt, an meiner Tafel Verständnis für die Heiden im Morgenland zu äußern und uns mit mystischen Zahlenspielen verwirren wolltet."

„Ihr verwechselt Mystik mit Wissenschaft", versetzte Monheim.

„Genug der Unverschämtheiten!", polterte der Bischof. „Wenn Ihr tatsächlich Edelmänner seid, dann solltet Ihr auch den Mut besitzen zuzugeben, dass Ihr dem Templerorden angehört."

„Ja, wir sind Tempelritter." Ludolf von Eschwege konnte sich nicht länger zügeln. „Wir gehören einem Orden an, der der Kirche zweihundert Jahre lang gedient hat. Wir haben uns nichts vorzuwerfen."

Bischof Konrad lächelte voller Stolz über seine erfolgreiche List. „Das wollte ich hören, meine Herren. Als Bischof bin ich an die Weisungen des Papstes gebunden. Wie Ihr wisst, hat Clemens V. in einer Bulle verkündet, dass die Mitglieder des Ordens in ganz Europa zu verhaften sind."

„Er wurde dazu gezwungen", knurrte Eschwege.

„Ihr bezweifelt die Autorität des Papstes? Euer Hochmut ist wirklich erstaunlich."

„Wir wissen, was wir wissen", widersprach Monheim. „Als Clemens V. von der Verhaftung unseres Großmeisters erfuhr, schrieb er an den französischen König: *Euer Vorgehen ist eine Beleidigung gegen Uns*. Das war die ehrliche Auffassung des Papstes. Jedermann weiß, dass Avignon in Frankreich liegt und dass der Papst vom Wohlwollen des französischen Königs abhängig ist."

„Es reicht." Bischof Konrad wedelte ärgerlich mit der Hand. „Euch wird in Münster ein gerechter Prozess gemacht. Bis dahin müsst Ihr mit dem Verlies meines Palastes vorlieb nehmen."

Nachdem die Tempelritter abgeführt und in ein dunkles, fensterloses Loch geworfen worden waren, saßen der Bischof, die beiden Bürgermeister und der Stadtrichter in der Bibliothek zusammen.

„Nun, meine Herren“, der Fürstbischof rieb sich gut gelaunt die Hände, „endlich laufen die Dinge wieder so, wie wir es wünschen. Wir sind nicht länger die Getriebenen, sondern haben das Gesetz des Handelns in die Hand genommen.“

„Mit Verlaub, Exzellenz“, wandte Ritter von Berdel ein, „was die Morde angeht, so haben ...“ Ein Klopfen an der Tür ließ ihn verstummen.

„Nur herein!“, rief Konrad. Domherr von Lüttringhausen trat ein.

„Vorhin hatte ich ein anregendes Gespräch mit dem Domherrn“, erklärte der Bischof den anderen. „Bitte, lieber Herr von Lüttringhausen, setzt Euch doch und wiederholt den Herren, was Ihr mir berichtet habt!“

Lüttringhausen setzte sich und genoss sichtlich die Aufmerksamkeit.

„Es war so“, begann der Domherr. „Bereits an dem Abend des Festmahls, als Ihr, Ritter von Berdel, den Namen Baphomet erwähntet, überkam mich der Anflug einer Ahnung. Wie Ihr wisst, habe ich in Paris studiert, und schon damals wurde in den Palästen viel über die Templer geredet.“

„Ja, ja“, drängte Konrad. „Nur weiter!“

„Also“, sagte Lüttringhausen geziert, „mein Bruder hat meinen Ratschlag befolgt und seine Studien ebenfalls in Paris absolviert. Bis vor einem halben Jahr weilte er in der Hauptstadt Frankreichs. So konnte er den Prozess gegen den Templerorden als Augenzeuge verfolgen. Aus diesem Grund habe ich meinen Bruder gestern aufgesucht, und er hat mir bestätigt, was ich erahnte: Baphomet ist der Name des göttlichen

Wesens, den die Elite der Templer verehrt hat."

Die Überraschung auf den Gesichtern der Bürgermeister und des Stadtrichters war nicht zu übersehen.

Der Fürstbischof strahlte. „Damit ist auch geklärt, wer die Anschläge verfasst hat, die das Ansehen der Heiligen Kirche und nicht zuletzt meiner Person verunglimpft haben." Er blickte in die Runde. „Blieben noch die Morde übrig. Ihr kennt meine Auffassung, meine Herren. Mit den Tempelrittern hat alles Unheil angefangen. Wenn wir dem Volk Schuldige präsentieren, wird auch wieder Ruhe in die Stadt einkehren."

„Es sei denn, es geschieht ein weiterer Mord", ließ sich der Stadtrichter vernehmen.

Konrad warf ihm einen scharfen Blick zu. „Ihr seid ein Miesmacher, Ritter von Berdel. Bewahre uns Gott vor einem weiteren Mord! Aber solange es keine Leiche gibt, brauchen wir uns darüber auch keine Gedanken zu machen. Es liegt bei Euch, die Templer zu einem Geständnis zu bewegen. Zögert nicht, den Scharfrichter seines Amtes walten zu lassen! Er soll ihnen seine Instrumente zeigen und die Tortur anwenden. Ich bin davon überzeugt, dass sie gestehen werden."

Der Stadtrichter nickte nur.

„Gibt es sonst noch etwas zu bereden?", fragte der Fürstbischof.

„Eine Kleinigkeit, Exzellenz", meldete sich Bürgermeister von der Wieck zu Wort. „Der Junge, der die Tempelritter nicht verraten wollte, befindet sich noch im Verlies des Rathauses. Wie sollen wir mit ihm verfahren?"

„Was schlagt Ihr vor?"

„Seine Schuld wiegt nicht schwer, Exzellenz. Ich würde ihn am liebsten laufen lassen. Er ist eigentlich ein anständiger Junge und kommt aus einer guten Familie."

„Meinetwegen", sagte Konrad gnädig. „Ich bin heute in großzügiger Stimmung."

Mit hängendem Kopf betrat Arnd das Haus am Prinzipalmarkt. Neben den Vorwürfen, die er sich wegen der Templer machte, fürchtete er die Wut seines Herrn. Wie würde Kleyhorst wohl ihre Verhaftung aufnehmen? Würde er seinen Gehilfen aus dem Haus jagen? Und wohin sollte Arnd dann gehen? Im Haus seines Onkels war es schon eng genug.

Kleyhorst war nicht im Kontor. Arnd schlich die Stufen zur Stube hinauf. Wie er vermutet hatte, saß Kleyhorst am Tisch und trank Bier aus einem Krug. Arnd zog den Kopf zwischen die Schultern und machte sich auf das Schlimmste gefasst.

„Na, Arnd", sagte der Kaufmann. „Du hast sicher Hunger. Lene wird dir was zu essen machen."

„Ihr macht mir keine Vorwürfe, Herr?", fragte Arnd erstaunt.

„Nein, warum sollte ich? Es war richtig von dir, zu den Bürgermeistern zu gehen. Diese Männer haben mein Vertrauen missbraucht. Es geschieht ihnen recht, dass sie verhaftet wurden. Wer weiß, was sie alles auf dem Kerbholz haben."

„Wie kannst du so etwas sagen, Johann?" Clara, die Frau des Kaufmanns, stand in der Tür. „Egbert ist ein Ehrenmann."

„Clara, ich bitte dich!", versuchte Kleyhorst sie zu besänftigen. „Darüber können wir später reden."

„Du beschuldigst meinen Vetter und ich soll dazu schweigen?", keifte Clara.

„Musst du ...", Kleyhorst nickte in Arnds Richtung, „... vor ihm ..."

Arnd machte sich so klein wie möglich.

„Er kann ruhig wissen, dass Egbert von Monheim mein Vetter ist", funkelte Clara Arnd an. „Und dass ich ihm nicht verzeihen werde, was er getan hat."

„Ich glaube ja auch, dass die Tempelritter unschuldig sind", sagte Arnd kleinlaut.

„Wer hat dich denn gefragt?“, polterte Kleyhorst im gewohnten Tonfall. „Mach, dass du in die Küche kommst!“

Das ließ Arnd sich nicht zweimal sagen. Froh, dem Ehepaar zu entkommen, flüchtete er in die Küche, wo er auf die Köchin Lene und Bernd, den Stallknecht, stieß.

„Na, da bist du ja ganz schön ins Fettnäpfchen getreten“, grinste Bernd.

„Lass ihn doch in Ruhe!“, sagte Lene und zog Arnd an ihre Brust. „Der Junge kann doch nichts dafür.“

„Muss er sich überall einmischen?“, knurrte Bernd.

„Verschwinde, du grober Kerl!“, zischte Lene.

Arnd hielt die Augen geschlossen, bis die Tür hinter Bernd zugefallen war.

Lene tätschelte seinen Kopf. „Möchtest du eine Schüssel Gemüse?“, fragte sie freundlich.

Arnd dankte ihr mit einem schwachen Lächeln.

Von den anderen Sorgen in den Hintergrund gedrängt, hatte Gretes Verrat die ganze Zeit in seinen Eingeweiden rumort. Nun aber, nachdem er gegessen hatte, zog Arnd los, um sie zur Rede zu stellen. Er liebte Grete, oder er glaubte es zumindest, doch sein Traum von einer gemeinsamen Zukunft war fragwürdig geworden. Sie hatte sich hinterlistig verhalten, ihn in eine Falle gelockt. Benahm sich so eine Liebende? Er wollte Klarheit, er wollte wissen, ob sie zu ihm oder gegen ihn stand, und das nicht irgendwann, sondern jetzt.

Wieder einmal kam er sich klein und mickrig vor, als er Gretes Elternhaus beobachtete. Wie sehr wünschte er sich, ein ehrbarer Kaufmann zu sein, der durch die Vordertür eintreten konnte, anstatt wie ein Gauner um das Haus zu schleichen. Plötzlich hasste er Münster, die Enge der Stadt, die Strenge der Konventionen, das eifersüchtige Wachen darüber, dass jeder an dem ihm angestammten Platz blieb, wo es nur Oben und Unten gab und kein Miteinander. Ganz oben standen der Bischof und die Domherren gefolgt von den weniger einflussreichen Adeligen. Dann kamen die Bürgermeister und anderen Erbmänner*, die zwar Bürger waren, sich aber wie Adelige benahmen und auch so lebten. Darunter die Ratsherren, die zusammen mit den Wahlbürgern*, den Kaufleuten und Handwerksmeistern die Geschicke der Stadt außerhalb des Domhügels bestimmten. An unterster Stelle stand die Gemeinheit, Gesellen und Zugelaufene vom Land. Sie nannten sich Freie, waren aber ohne Rechte. Gemeines Volk, das sich ducken musste. Leute wie Arnd.

Vielleicht war es überall auf der Welt so. Man hörte viel über die Katharer und andere Sekten, Gemeinschaften von Gläubigen, die alles miteinander teilten, die Macht und Geld ablehnten. Aber das waren bigotte Schwärmer, die den ganzen Tag beteten. Nichts für Arnd. Ganz abgesehen davon, dass sie von der Kirche verfolgt wurden und als Vogelfreie von jedermann getötet werden durften.

Trotzdem war sein Wunsch noch nie größer gewesen, Münster zu verlassen, mit oder ohne Grete.

Er spürte einen Stich im Herz. Grete trat aus dem Haus, einen Korb am Arm. Sie kam in seine Richtung. Arnd ließ sie an sich vorbeigehen, dann sprang er an ihre Seite.

Grete zuckte zusammen, ihr Gesicht war abweisend.

„Warum hast du das getan?", fragte Arnd.

Grete schaute an ihm vorbei. „Es war meine Pflicht als Christin. Ich hätte mich versündigt, wenn ich geschwiegen hätte."

„Und was ist mit mir?"

„Du warst dumm, Arnd Wrede. Ich habe dich gewarnt."

„Es hätte übel für mich ausgehen können."

„Ja, und für mich auch. Sei froh, dass du so glimpflich davongekommen bist." Sie senkte die Stimme. „Mein Vater hat schon den Auftrag bekommen, Holz für ein Blutgerüst zu besorgen. Die Tempelritter werden hingerichtet, Arnd. Im Grunde habe ich dir sogar einen Gefallen getan. Stell dir vor, man hätte dich zusammen mit ihnen erwischt."

„Vielen Dank für deine Fürsorge."

Sie schien seinen Spott nicht zu bemerken. „Damit ist es jetzt vorbei. Mein Vater hat mir die Augen geöffnet. Wir werden uns nicht mehr treffen, Arnd."

„Wieso denn nicht? Liebst du mich nicht mehr?"

Sie lachte freudlos. „Träum weiter, Arnd! Du bist ein armer Kaufmannsgehilfe."

„Ich kann das Geschäft meines Onkels übernehmen."

Grete blieb stehen. „Ja. In drei oder vier Jahren. Dann bin ich siebzehn oder achtzehn, fast schon eine alter Jungfer. Wer will mich dann noch haben?"

„Ich. Ich will dich haben." Er fand selbst, dass er nicht sehr überzeugend klang.

„Vielleicht. Vielleicht auch nicht. Meinst du, so lange kann ich warten? Mein Vater hat einen Mann gefunden, der mich heiraten will."

„Wen?"

„Josef Hirning."

„Der Schuhmacher?"

„Schuhmachermeister. Er besitzt ein großes Haus und ist vermögend."

„Erzähl mir nicht, dass du ihn magst!"

Grete wischte sich über die Augen. „Kommt es denn darauf an? Und jetzt lass mich in Ruhe, Arnd!" Sie ging weiter und ließ ihn stehen.

Arnd fühlte sich wie betäubt. Mehr als einmal hatte er sich vorgestellt, dass es so kommen würde. Aber am Ende war er doch nicht darauf vorbereitet.

Gedankenverloren schlenderte er zum Prinzipalmarkt zurück, vorbei an den Marktständen, an denen Händler und Käufer miteinander feilschten. Zu zweit oder dritt standen Leute herum, die sich unterhielten, fast überall ging es um die Tempelritter und die Morde.

Arnd hörte nicht zu, doch der eine oder andere Gesprächsfetzen drang an sein Ohr. Auf einmal blieb er stehen. Mit einiger Verspätung war ihm klar geworden, was er gerade gehört hatte. Er drehte sich um und ging zu der Frau zurück, die mit einer anderen redete.

„Was hast du gesagt? Drei Morde?"

Die Frau schaute ihn überrascht an. „Weißt du das nicht? Hildegard Rademacher ist heute im Badehaus erwürgt worden. Man sagt, sie sei das Kebsweib von Gerwinus Rike gewesen."

„Und hinter allem sollen die Tempelritter stecken", setzte die andere Frau hinzu.

Arnd ging wortlos weiter. Das war doch Wahnsinn. Nur ein Verrückter konnte wahllos Menschen umbringen. Der Bischof und der Stadtrichter machten es sich allzu einfach, alles den Templern anzuhängen. Gerwinus Rike, sein Kebsweib und David Levi, der Geldverleiher. Arnd grübelte. Und wenn der oder die Mörder gar nicht wahllos mordeten? Wenn ein Zusammenhang zwischen den Morden bestand? Immerhin hatten sich Rike und Hildegard Rademacher gekannt. Aber wie passte David Levi da hinein?

Plötzlich kam Arnd ein Gedanke, ein so furchtbarer Gedanke, dass es ihn schauderte. Er wollte diese Idee wieder abschütteln. Nein, das konnte einfach nicht wahr sein.

Arnd machte einen Bogen um Kleyhorsts Haus. Er wollte allein sein und nachdenken. Die Bewaffneten am Michaelistor, die den Eingang zum Domplatz bewachten, beachteten ihn nicht. Arnd verharrte am Rand des großen, baumbestandenen Platzes.

Tränen rannen ihm über das Gesicht. Er war voller Trauer und Wut, aber auch ein kleines bisschen erleichtert. Ohne Grete fühlte er sich frei, frei, alles abzuschütteln, frei, alles aufs Spiel zu setzen. Nichts hielt ihn, nichts band ihn, nichts konnte ihn von seinem Vorhaben abbringen. Er hatte nur noch ein Ziel: zu verhindern, dass die Tempelritter hingerichtet wurden. Und es gab nur eine Möglichkeit. Er musste beweisen, dass ein Anderer die drei Morde begangen hatte.

Kapitel XI

Mitten in der Nacht, als Lene endlich eingeschlafen war, stand Arnd leise auf, zog seine Kleidung an und schlich barfuß aus der Kammer. Obwohl er sich bemühte, vorsichtig aufzutreten, knarrten die Dielen unter seinen Schritten. Vor der Schlafkammer der Kleyhorsts blieb er stehen und lauschte. Das laute Schnarchen des Kaufmanns drang in den Flur. Behutsam öffnete Arnd die Tür. Er wusste, auf welcher Seite des Ehebettes Kleyhorst schlief und tastete sich am Bett entlang. Die Kleider lagen auf dem Boden. Arnd durchwühlte den Umhang, bis er den Schlüssel für die Truhe gefunden hatte, in der sich die Kontorbücher befanden.

Im Kontor war es eisig kalt. Das Kaminfeuer war längst erloschen, und durch die Ritzen der Fensterläden zog der nächtliche Frost herein. Arnd traute sich nicht, seine Holzschuhe anzuziehen, weil ihn ihr lautes Klacken auf den Fliesen verraten hätte. So stellte er sich abwechselnd auf das eine und dann auf das andere Bein, wie manche Vögel, die jeweils ein Bein unter dem Gefieder wärmen. Er hatte eine Kerze angezündet und blätterte in den Kontorbüchern. Viele Eintragungen stammten von ihm selbst, doch die, die er suchte, hatte er nicht angefertigt. Sie musste über ein Jahr alt sein. In jener Zeit hatte Kleyhorst ihn in die Kunst der Buchführung eingewiesen. Arnd konnte sich nur an den Namen erinnern, nicht an die Summen und den Zusammenhang. Das heißt, er glaubte sich an den Namen zu erinnern.

Je länger er las und blätterte, desto unsicherer wurde er. Mittlerweile war er schon im Jahr 1307 angelangt. So weit konnte die Eintragung unmöglich zurückliegen, damals hatte er gerade bei Kleyhorst angefangen.

Arnd blätterte wieder zurück, ging alle Listen noch sorgfältiger durch. Er gähnte. Er fror und wünschte, wieder im warmen Bett zu liegen. Schon der erste Zug seines großartigen Plans erwies sich als Fehlschlag.

Als er beinahe aufgeben wollte, machte Arnd eine Entdekkung. Er hielt die Kerze näher an das Blatt. Tatsächlich, die Schrift hatte einen anderen Farbton als auf den Seiten davor und dahinter. Arnd verglich sie mit neueren Eintragungen. Sie war eindeutig jüngeren Ursprungs. Er befühlte die Bundseite des Blattes und fand seine Vermutung bestätigt: Das Blatt war nachträglich hineingeklebt worden. Offenbar hatte Kleyhorst das Buch gefälscht.

Nachdem er den Schlüssel zurückgebracht hatte, ging Arnd in den Pferdestall, der gleich hinter dem Haus lag. Bernd schlief bei den Pferden. Der Stallknecht machte sich nicht viel aus menschlicher Gesellschaft, und im Winter hielten ihn die Tiere warm.

Arnd hatte Bernd von Anfang an nicht leiden können. Der stets finster dreinblickende Knecht kam ihm unheimlich vor, und er war nicht gern mit ihm allein. Bernd war sich seiner Wirkung durchaus bewusst und machte sich einen Spaß daraus, andere einzuschüchtern.

Deshalb war Arnd gar nicht wohl bei dem Gedanken, Bernd zu wecken. Womöglich würde der Knecht wütend werden und herumbrüllen. Genau das, was Arnd vermeiden wollte. Andererseits konnte die Schlaftrunkenheit vielleicht dabei helfen, ihn zu überrumpeln, ihm Geheimnisse zu entlocken, die er bei wachem Verstand nicht so leicht preisgeben würde. Wie auch immer, Arnd hatte keine Zeit, um auf bessere Gelegenheiten zu warten.

Verblüfft starrte er in die leere Strohmulde. Bernd war nicht da. Wo konnte er bloß stecken? Arnd erinnerte sich, dass Bernd manchmal zu einer Schänke am Fischmarkt ging. Da er, wenn er einmal Geld besaß, es sogleich auszugeben pflegte, kam das nur selten vor. Er warf dann mit Groschen um sich, spendierte jedem, der ihm über den Weg lief, ein Bier, bis sich alle um ihn versammelten. So hatte er viele Freunde für einen Abend und am nächsten Tag nur leere Taschen und einen Brummschädel.

Arnd schlüpfte in seine Holzschuhe und schlurfte Richtung Fischmarkt. Die Straßen waren dunkel. Er dachte an den Mörder, der durch Münster schlich, und ein kalter Schauer lief ihm über den Rücken. Hastig blickte er sich um, doch da war niemand. Er beschleunigte seine Schritte.

Schon von weitem hörte er das Gegröle betrunkener Männer. Die Frau des Schankwirts war berühmt dafür, dass sie ein ausgezeichnetes Bier braute. Nicht viele kannten die richtige Mischung aus Lorbeerblättern, Klatschmohn und Pilzen, die dem gegorenen Getreidesaft den richtigen Geschmack gab.

Bernd stand inmitten einer Traube von Zechern. Der Schankwirt vermietete auch Zimmer, doch wer kein Zimmer bezahlen wollte, musste sein Bier auf der Straße trinken.

Bernd winkte Arnd zu sich. „Arnd, was machst du denn hier? Komm, trink einen Becher Gruet* mit mir!" Der Knecht lehnte sich mit seinem ganzen Gewicht auf den Jungen und schob ihn zu dem Fenster, hinter dem der Wirt stand.

„Einen Becher Gruet für meinen Freund!", befahl er mit schwerer Zunge.

Der Wirt schöpfte mit einer Kelle Bier in einen Holzbecher und reichte ihn Arnd. Bernd hatte Mühe, das passende Kleingeld aus seinem Beutel zu fischen.

„Man sieht dich ja selten hier", murmelte er, nachdem er es endlich geschafft hatte.

Arnd nahm einen Schluck, das Bier schmeckte wirklich gut, viel besser als das, das Lene braute. „Um ehrlich zu sein, ich brauchte einen Becher."

„So?"

„Grete hat mir gesagt, dass sie einen anderen heiratet."

„Weiber!", Bernd grinste schmierig. „Du darfst ihnen nicht vertrauen."

„Hast du nie ... ich meine, gab es in deinem Leben keine Frau, die du heiraten wolltest?"

„Vielleicht."

„Nun sag schon!"

„Doch, es gab eine." Der Knecht schaute in die Ferne. „Sie ist an der Pest gestorben."

„Tut mir Leid. Danach gab es keine mehr?"

Bernd winkte ab. „Ich bin mit der einen oder anderen ins Stroh gestiegen, das war alles. Trink deinen Becher aus, ich spendiere dir noch einen."

Arnd leerte seinen Becher, das Bier schmeckte kühl und ein bisschen bitter, er konnte sich daran gewöhnen. Die beiden Männer holten sich Nachschub.

„Bereust du es manchmal?", fing Arnd wieder an.

„Was?"

„Dass du keine Familie hast? Fühlt man sich nicht einsam, gerade auf langen Reisen, wenn niemand da ist, der auf einen wartet?"

„Schon", brummte Bernd. „Aber das geht wieder vorbei."

„Woran denkst du, wenn es auf Leben und Tod geht, so wie bei der Geschichte vor einem Jahr in der Nähe von Nowgorod?"

Bernd grunzte. „Das war damals und heute ist heute. Lass uns trinken und über was anderes reden!"

„Ich bin nur neugierig", beharrte Arnd. „War das wirklich so gefährlich?"

„Wir sind einer Bande von Preußen in die Hände gefallen. Und wildere Kerle als diese Preußen gibt es nicht. Die kennen keine Gnade."

„Wie seid ihr ihnen denn entkommen?"

„Kleyhorst hat das Lösegeld bezahlt, das sie gefordert haben."

„Und woher hatte er das Geld? Sein eigenes haben ihm die Preußen doch sicher abgenommen."

Bernd hob den Kopf, seine kleinen Augen funkelten böse. Plötzlich wirkte er völlig nüchtern. „Sei auf der Hut, Arnd! Es ist nicht gut, sich in Dinge einzumischen, die einen nichts angehen."

„Du hast Recht", lenkte Arnd ein. „Das Bier ist wirklich gut."

Ein Betrunkener torkelte heran und schlug Bernd auf die Schulter. „Bezahlst du mir noch einen Becher?"

„Kauf dir dein Bier selbst!", fauchte der Knecht zurück. Er beugte sich zu Arnd. „Sonst könnte es dir schlecht ergehen."

Der stinkende Atem nahm dem Jungen fast die Luft.

Kapitel XII

Fackeln tauchten das unterirdische Verlies in ein gespenstisches Licht. Der Scharfrichter machte einen fahrigen Eindruck. Er war noch jung, sein Vater, der alte Scharfrichter, war vor einigen Monaten gestorben, und so war das Amt auf den Sohn übergegangen. Einen anderen, ehrlichen Beruf hätte er ohnehin nicht ausüben können. Aus der Familie eines Scharfrichters zu stammen hieß, außerhalb der Gemeinschaft zu leben. Er wohnte in einem kleinen Haus an der Stadtmauer, weit entfernt von den nächsten Häusern. Die bloße Berührung eines Henkers brachte Schande über jeden ehrbaren Bürger, deshalb ging man sich aus dem Weg. Selbst der Bäcker legte die Brote, die für die Familie des Scharfrichters bestimmt waren, mit dem Rücken auf den Tisch.

Doch das war nicht der Grund für die Unruhe des jungen Henkers. Er war seinem Vater zwar zuletzt zur Hand gegangen, hatte bei Torturen und Hinrichtungen mitgeholfen, auch schon allein einen Dieb auf der Galgheide vor dem Ludgeritor aufgeknüpft, aber heute würde er seine Meisterschaft beweisen müssen. Die Männer, die er foltern sollte, waren keine Halunken oder Diebesgesindel, das waren Edelleute. Da durfte er sich keinen Fehler erlauben. Sonst würde man ihn mit Schimpf und Schande aus der Stadt jagen.

Ritter von Berdel beobachtete den Scharfrichter mit Sorge. Torturen und Hinrichtungen waren ihm ein Gräuel. Die Schreie der Gepeinigten, das Knacken zerbrechender Knochen, der Geruch von verbranntem Fleisch, an all das hatte er sich nie gewöhnt. Und als Stadtrichter durfte er seine Augen nicht abwenden, er musste das Geschehen aus nächster Nähe verfolgen, bis der Tod die Verurteilten erlöste. Soweit es in seiner Macht stand, erwies er den Verdammten die Gnade eines schnellen Todes durch Erdrosseln, bevor sie, zur Belustigung des Volkes, gevierteilt oder verbrannt wurden.

Im Falle der Tempelritter würde das nicht möglich sein. Der Fürstbischof hatte bereits angekündigt, dass er einer Hinrichtung beiwohnen wolle. Und wenn der Bischof kam, kamen auch die Domherren und die anderen Adeligen. Tausende von Menschen aus der Stadt und dem Umland würden herbeiströmen, um das Spektakel wie ein Volksfest zu feiern.

Und ein unsicherer Scharfrichter machte alles nur noch schlimmer. Der Stadtrichter seufzte. Zum Glück war der Schinder ein erfahrener Mann, der schon dem alten Scharfrichter zur Seite gestanden hatte. Er würde dem jungen Henker helfen.

Berdel blickte sich um. Hinter ihm standen zwei Gerichtsherren des Stadtrates, die der Tortur als Zeugen beiwohnten. Er gab den Botmeistern ein Zeichen.

Kurz darauf wurden die Templer hereingeführt. Sie waren bleich und hatten blutunterlaufene Augen, hielten sich jedoch stolz und aufrecht.

„Herr von Monheim, Herr von Eschwege!“, sagte der Stadtrichter.

Monheim deutete ein Lächeln an. „Wie ich sehe, waltet Ihr Eures Amtes, Herr von Berdel.“

„Ihr könnt Euch die Tortur ersparen, wenn Ihr die Taten gesteht, die man Euch vorwirft.“

„Was sollen wir gestehen? Dass wir Tempelritter sind? Das haben wir längst getan. Dazu braucht Ihr uns keine Knochen zu brechen. Wir sind bereit, ein Geständnis zu unterschreiben.“

„Und was ist mit den Anschlägen, die das Volk gegen unseren Fürstbischof aufhetzen sollten? Gesteht Ihr, dass Ihr sie verfasst habt? Gesteht Ihr weiterhin, den Kaufmann Gerwinus Rike, den Juden David Levi und die Hure Hildegard Rademacher ermordet zu haben?"

Ein Zucken lief über Monheims Gesicht. „Seid Ihr wahnsinnig, Mann?", sagte er mit heiserer Stimme. „Warum sollten wir das getan haben?"

„Das frage ich Euch."

„Ich schätze Euch als klugen Mann, Ritter von Berdel. Versetzt Euch in unsere Lage! Wir waren auf der Flucht, wir wollten jedes Aufsehen vermeiden. Wir kannten den Fürstbischof nicht einmal, als wir in Münster eintrafen. Es wäre doch vollkommen töricht von uns gewesen, in der Nacht herumzulaufen und Anschläge an Kirchentüren anzubringen oder wahllos Menschen zu ermorden. Genauso gut hätten wir uns auf den Domplatz stellen und unsere wahre Identität bekennen können. Nein, wir wollten uns in Münster lediglich eine Weile ausruhen und dann weiter nach Osten reisen, bis zu einem sicheren Ort."

„Ihr redet klug daher", erwiderte der Stadtrichter scharf. „Ich kann und will mich nicht in einen Tempelritter versetzen. Ich halte mich lieber an Tatsachen. Und Tatsache ist, dass die Anschläge begannen, nachdem Ihr in der Stadt eingetroffen wart. Tatsache ist auch, dass es sich bei Baphomet, der in jedem dieser Texte erwähnt wird, um ein Idol der Templer handelt. Leugnen ist also zwecklos", setzte er rasch hinzu. „Wir haben dafür einen Zeugen, einen sehr glaubwürdigen Zeugen."

Monheim schüttelte den Kopf. „Das sind Gerüchte, nichts weiter. Während des Prozesses gegen den Tempelorden haben einige unserer Brüder unter der Folter ausgesagt, dass es diesen Baphomet gäbe. Aber niemand hat ihn gesehen. Ich versichere Euch, Ritter von Berdel, wir sind Christen und beten zu Gott, nicht zu irgendwelchen Götzen."

„Handelt es sich bei Baphomet nicht um einen Mann mit zwei Gesichtern, wie bei dem Bildnis, das wir in Eurem Gepäck gefunden haben?"

Monheim schwieg.

„Oder könnt Ihr mir erklären, wieso ausgerechnet ein Bürger aus Münster sich auf Baphomet berufen sollte?"

„Nein, das kann ich nicht", gab Monheim zu.

„Kommen wir zu den Morden", fuhr der Stadtrichter fort. „Was habt Ihr dazu zu sagen?"

„Nichts", sagte Monheim verächtlich. „Wir haben niemanden ermordet."

Berdel schaute zum Scharfrichter, der sich bereit machte. „Ihr verkennt die Situation, in der Ihr Euch befindet." Er sagte es nicht drohend, sondern ein wenig enttäuscht. „Ihr werdet das Verlies nicht eher verlassen, bevor Ihr ein Geständnis abgelegt habt. Es liegt an Euch, ob Ihr den schwereren oder den leichteren Weg wählt."

„Es geht Euch also gar nicht um die Wahrheit", griff der Tempelritter ihn an. „Ihr braucht einen Sündenbock für alles, was in dieser Stadt geschehen ist. Ich verstehe durchaus, dass der Bischof und die Bürger beunruhigt sind. Man verlangt von Euch, dass Ihr die Schuldigen findet. So nehmt Ihr einfach die Erstbesten, die Euch in die Hände fallen. Und das sind wir."

„Wir sind Edelleute und haben uns nichts zu Schulden kommen lassen", ergriff Ludolf von Eschwege zum ersten Mal das Wort. „Daran ändern auch Eure Drohungen nichts."

„Meint Ihr nicht, dass genug geredet wurde?", wandte sich einer der Gerichtsherren an Berdel.

Der Stadtrichter nickte. „Führe ihnen deine Folterinstrumente vor, Meister Jonas!", rief er dem Scharfrichter zu.

Botmeister ergriffen die Tempelritter an den Armen und zogen sie zu den Folterbänken. Der Scharfrichter zeigte ihnen seine Marterinstrumente, von Arm- und Fußschrauben über Zangen zum Abreißen der Finger- und Fußnägel bis zur neunschwänzigen Peitsche, deren Enden mit kleinen Eisenkugeln beschwert waren. Dann stellte er sich vor die Delinquenten: „Gestattet nun, dass ich Euch entkleide."

„Wartet, Meister Jonas!", Ritter von Berdel trat hinzu und schaute die Templer an. „Ich frage Euch noch einmal: Gesteht Ihr die Taten, die man Euch vorwirft?"

„Sollen wir lügen?", fuhr Eschwege ihn wütend an. „Foltert mich ruhig! Für die Wahrheit ertrage ich gerne alle Schmerzen."

„Was haben wir zu erwarten, wenn wir gestehen?", fragte Monheim.

„Ohne dem Urteil des Gerichts vorgreifen zu wollen, verspreche ich Euch, mich dafür einzusetzen, dass Ihr einen schnellen und schmerzlosen Tod erleiden werdet."

„Was habt Ihr vor, Monheim?", fragte Eschwege drohend.

„Erlaubt mir, mich mit meinem Freund unter vier Augen zu beraten", bat Monheim den Stadtrichter.

Berdel stimmte zu, die Tempelritter wurden in eine Ecke des Verlieses geführt, wo sie im Flüsterton heftig miteinander diskutierten.

Als sie zu einer Entscheidung gekommen waren, verkündete Egbert von Monheim: „Wir sind bereit, das Unvermeidliche zu akzeptieren. Nach Lage der Dinge haben wir keine andere Wahl, als uns zu unseren Taten zu bekennen. Wir gestehen, dass wir Texte aufrührerischen Inhalts verfasst und an Kirchentüren befestigt haben. Wir gestehen weiterhin, dass wir drei Menschen ermordet haben. Nehmt als Grund dafür, dass wir dem Templerorden angehören, der uns solche Taten befiehlt."

Der Stadtrichter wirkte erleichtert. „Ich danke Euch für Eure Einsicht. Ich werde veranlassen, dass ein Protokoll angefertigt wird, welches Ihr unterzeichnen müsst. Danach liegt Euer Schicksal in der Hand des Hohen Gerichtes."

„Ich verstehe Euch nicht", sagte Bürgermeister Plönies. „Die Sache ist doch vollkommen klar. Die Templer haben ein Geständnis unterschrieben, sie geben die Anschläge und die Morde zu. Was spricht dagegen, ein Urteil zu fällen?"

„Ich wende mich nicht gegen das Urteil", erwiderte Ritter von Berdel. „Ich schlage nur vor, mit der Vollstreckung noch einige Tage zu warten."

„Und wozu? Hegt Ihr Zweifel an der Schuld der Angeklagten?"

„Eine überhastete Hinrichtung würde genau diesen Eindruck erwecken."

Das Gericht tagte im großen Saal des Rathauses. Neben dem Stadtrichter und den beiden Bürgermeistern waren auch die Gerichtsherren anwesend, die dem Verhör beigewohnt hatten, und zwei weitere Ratsherren, die als Schöffen fungierten. Zahlreiche Kerzenleuchter tauchten die Versammlung in ein feierliches Licht.

„Oder wartet Ihr etwa auf einen neuen Anschlag oder einen weiteren Mord?", fragte Plönies lauernd.

„Ich stimme dem Stadtrichter zu", sagte Bürgermeister von der Wieck. „Nichts drängt uns zu unnötiger Eile."

„Doch, und Ihr wisst es genau", widersprach Plönies. „Es rumort in der Stadt. Je schneller wir das unselige Spiel beenden, desto besser für uns alle. Morgen beginnt der Send. Die Stadt wird zum Bersten gefüllt sein, Bier und Wein fließen in Strömen. Da reicht ein einziger Tropfen, um das Fass zum Überlaufen zu bringen. Wollt Ihr wirklich einen Tumult riskieren, sollen erst Steine gegen das Rathaus fliegen?" Plönies machte eine Pause und holte zu seinem entscheidenden Schlag aus: „Wenn ich Seine Exzellenz richtig verstanden habe, so ist auch der Fürstbischof der Meinung, dass rasches Handeln geboten ist. Ich schlage daher vor, dass die Tempelritter zum Tod durch das Schwert verurteilt werden. Morgen früh um neun Uhr auf dem Domplatz."

Alle vier Ratsherren stellten sich auf die Seite von Plönies, nur der Stadtrichter und Bürgermeister von der Wieck stimmten dagegen.

Plönies lächelte triumphierend. „Ihr seid der vom Bischof eingesetzte Richter, Herr von Berdel. Ohne Eure Zustimmung kann das Urteil nicht vollstreckt werden. Wollt Ihr dem Fürstbischof das Abstimmungsergebnis mitteilen?"

„Ich stimme dem Urteil zu", sagte Berdel matt. „Die Hinrichtung kann stattfinden."

„Sehr gut." Plönies stand auf und rieb sich die Hände. „Ich werde dafür sorgen, dass das Blutgerüst bis morgen früh fertig ist. Notfalls muss die ganze Nacht gearbeitet werden."

Der Stadtrichter erhob sich ebenfalls. „Zweifellos seid Ihr der richtige Mann für diese Aufgabe. Gestattet, dass ich jetzt gehe. Ich muss den Bischof unterrichten und den Angeklagten das Urteil verkünden."

Kapitel XIII

Auf dem Domplatz herrschte reges Treiben. Die gesamte Gilde der Zimmerleute hatte sich versammelt, um das Blutgerüst zu bauen. Nur dadurch, dass ausnahmslos alle mitmachten und sich niemand drückte, war die Schande zu ertragen, dem Henker bei seiner Arbeit zu helfen. Zusätzlich erteilte ein Priester den Handwerkern seinen Segen, und Bürgermeister Plönies überwachte die Arbeiten.

Normalerweise wurde das Schafott auf dem Neuen Markt errichtet. Doch weil dort bereits die Vorbereitungen für den Send im Gange waren, der Templerorden zudem der kirchlichen Gerichtsbarkeit unterstand, hatte der Fürstbischof die Erlaubnis erteilt, das Blutgerüst auf dem Domplatz zu errichten.

Arnd fühlte einen Stein im Magen, als er an der bunten Meute der Handwerker vorbeiging. Die Hinrichtung kam schneller, als er gedacht hatte. Schon am nächsten Morgen, so raunte man in der Stadt, würden die Tempelritter geköpft werden. Ihm blieb nicht mehr viel Zeit, sein Vorhaben in die Tat umzusetzen. Und was hatte er schon in der Hand, außer einem vagem Verdacht? Angst erfüllte ihn. Würde er zu spät kommen? Würde er überhaupt etwas erreichen?

Sobald er konnte, hatte er sich aus dem Kontor verdrückt. Sollte Kleyhorst ruhig toben, seine Tage im Dienst des Kaufmanns waren ohnehin gezählt. Arnds Zukunft lag woanders, falls es überhaupt eine gab. Er war bereit, alles auf eine Karte zu setzen. Nur, dass diese Karte auch stach, daran zweifelte er von Stunde zu Stunde mehr.

Der Junge verließ den Domplatz durch das Horstebergtor und wandte sich nach links. Gerwinus Rike hatte auf der kleinen Insel zwischen dem alten und dem neuen Arm der Aa gewohnt. Eigentlich keine standesgemäße Gegend für einen Erbmann, wunderte sich Arnd. Die Häuser hier waren kleiner und schlichter als am Prinzipalmarkt, und obwohl Rikes Haus die anderen überragte, strahlte es doch recht wenig von dem Reichtum aus, den der Kaufmann besessen hatte.

Das verhärmte, von Falten der Bitterkeit durchzogene Gesicht der Witwe passte zu der glanzlosen Behausung. Lebendig schienen nur die harten, misstrauischen Augen zu sein, mit denen sie Arnd musterte. Arnd hatte an die Tür geklopft, die Diele betreten und einer Magd seinen Wunsch vorgetragen, mit der Witwe zu reden. Nun, unter ihrem scharfen Blick, schwand sein Mut. Kleinlaut stellte er sich vor.

„Gehilfe von Meister Kleyhorst bist du also?“, wiederholte die Witwe. „Was hat dir Kleyhorst denn für mich aufgetragen?“

„Nichts. Ich bin“, er zögerte, „aus eigenen Stücken hier.“

Der Anflug eines Lächelns umzuckte ihre Lippen. „Sieh an, ein kecker Bursche! Nun red schon! Was willst du?“

„Ich möchte Euch um eine Auskunft bitten. Es ist ... vielleicht werdet Ihr nicht verstehen, was ...“

„Hör auf zu stammeln und stiehl mir nicht meine Zeit!“, fuhr sie ihn an.

Arnd holte Luft. „Schuldete mein Herr Eurem verstorbenen Mann Geld?“

Die Witwe wandte ärgerlich den Kopf ab. „Wie kommst du darauf, dass ich mit Dienstboten über so etwas rede?“

„War der ehrwürdige Herr Rike nicht ebenfalls in Nowgorod?“, setzte Arnd schnell nach. „Zu der Zeit, als Kleyhorst von den Preußen gefangen genommen wurde und dringend

Lösegeld brauchte? Könnte es nicht sein ..."

„Halt den Mund!", unterbrach sie ihn. „Selbst wenn ich es wüsste, würde ich es dir bestimmt nicht sagen."

Arnds Beine wurden weich wie Butter. Er wusste, dass er zu weit ging, aber er würde keine zweite Gelegenheit bekommen. „Könnte Euer Mann seinem Kebsweib davon erzählt haben, Hildegard Rademacher, die im Badehaus ermordet wurde?"

Ihre Stimme verwandelte sich in ein gefährliches Flüstern. „Du wagst es, in meiner Gegenwart ihren Namen zu erwähnen? Verschwinde auf der Stelle! Sonst lasse ich dich von meinen Knechten hinauswerfen und dir eine Tracht Prügel versetzen, an die du dein Leben lang denken wirst."

Arnd taumelte auf die Straße, begleitet von Verwünschungen und Drohungen. Er hatte alles gewagt und alles verloren. Die Witwe Rike würde sich rächen, daran bestand kein Zweifel. Kleyhorst würde von seinem Besuch bei ihr erfahren. Von jetzt an gab es kein Zurück mehr. Münster war für ihn verbrannte Erde.

Die kalte Luft tat seinem heißen Kopf gut. Arnd blieb stehen und schöpfte Atem. Eine einzige Möglichkeit gab es noch. Und schlimmer als bei der bösen Alten konnte es ihm dabei auch nicht ergehen.

Arnd hatte, wie alle anderen Christen, stets einen großen Bogen um das Judenviertel hinter dem Rathaus gemacht. Geschichten über ihre seltsamen Bräuche und Gerüchte über Untaten, die sie an anderen Orten begangen haben sollen, wurden auch im Hause Kleyhorst erzählt. Zwar hatte niemand selbst etwas gesehen, man gab nur wieder, was andere, aus angeblich sicherer Quelle, erfahren haben wollen, doch irgendeinen Grund für die Verdächtigungen musste es ja geben.

Andererseits – hatte er in den vergangenen Tagen nicht selbst miterlebt, wie leicht es war, Unschuldige zu bezichtigen, ihnen Taten anzuhängen, die sie gar nicht begangen hatten?

Arnd gestand sich ein, dass er herzlich wenig über die Juden wusste. Wenn die jüdischen Männer mit ihren spitzen Hüten über den Markt gingen, hatte er sie bestaunt, wie man seltsame Tiere betrachtet. Doch nie wäre er auf den Gedanken gekommen, einen von ihnen anzusprechen.

Er bog in die Straße ein, in der die Juden wohnten. Sofort zog er alle Blicke auf sich. Es kam nicht häufig vor, dass ein Christ sich hierher verirrte. Arnd schaute so gelassen wie möglich zurück. Einige kleine Kinder, die auf der Straße gespielt hatten, liefen kichernd in ein Haus.

„Kannst du mir helfen?", wandte sich Arnd an einen Jungen, der etwa in seinem Alter war. „Ich suche das Haus des David Levi."

„Da vorne!" Der Junge streckte den Arm aus.

Arnd ging weiter, der Junge blieb stehen und schaute ihm hinterher. Arnd wischte sich den kalten Schweiß von der Stirn. Blicke aus mindestens fünfzig Augenpaaren brannten ihm auf dem Rücken.

Er klopfte an die Tür. Ein Mann, nur wenige Jahre älter als Arnd, öffnete. Auf dem olivfarbenen Gesicht unter den fast schwarzen Haaren breitete sich Erstaunen aus.

„Mein Name ist Arnd Wrede", sagte Arnd förmlich. „Ich arbeite als Gehilfe für den Kaufmann Kleyhorst."

Der Mann schwieg.

„Seid Ihr ein ... Verwandter von David Levi?"

Der Mann schwieg weiter. Arnd fragte sich, ob der Jude ihn überhaupt verstand. Er öffnete den Mund zu einer entsprechenden Frage, als der Mann sagte: „Was willst du?"

„Mit Euch reden, falls Ihr ein Levi seid."

„Wir haben Kleyhorst nichts zu sagen.“ Das klang schroff und abweisend.

Arnd schüttelte den Kopf. „Ich komme nicht im Auftrag von Kleyhorst, ich spreche nur für mich selbst.“

„Aus welchem Grund?“

Arnd schaute sich um. Die Kinder waren wieder dichter herangerückt und verfolgten gespannt die Unterhaltung. Auch einige Erwachsene standen auffällig unauffällig in der Nähe. „Können wir nicht im Haus darüber reden?“

Eine ältere Frau schob sich neben den Mann. Vom Alter her konnte sie seine Mutter sein.

„Was gibt es denn, Isaak?“

„Er steht im Dienst von Kleyhorst“, sagte Isaak verächtlich.

„Warum lässt du ihn nicht herein, wenn er uns etwas zu sagen hat?“

„Aber Ima*!“

„Wir sind anständige Leute, Isaak. Wir weisen niemanden an der Tür ab.“

Isaak fügte sich widerwillig und trat einen Schritt zurück. Arnd folgte Frau Levi ins Innere. In der kleinen Diele saßen zwei weitere Männer in der Nähe des Feuers, vermutlich die älteren Brüder Isaaks. Mit kalten, abweisenden Gesichtern betrachteten sie den Besucher. Arnd fühlte sich unsicher. Sein einziger Trost war das warme Lächeln von Frau Levi.

„Setz dich“, sagte sie.

Arnd setzte sich auf einen Hocker. Isaak blieb mit verschränkten Armen hinter ihm stehen.

„Nun?“, ermunterte ihn die Frau.

Arnd begann zu reden. Zuerst zögernd, dann immer flüssiger sprudelten die Worte aus ihm heraus. Er erzählte die ganze Geschichte, von Anfang an. Er berichtete von seiner Begegnung mit Egbert von Monheim, den seiner Meinung nach ungerechtfertigten Vorwürfen gegen die Tempelritter, von seinem Verdacht bezüglich der wahren Gründe für die Morde und seinen vergeblichen Versuchen, dafür einen Beweis zu finden. Arnd wunderte sich, wie leicht es ihm fiel, diesen völlig fremden Menschen seine geheimsten Gedanken zu offenbaren. Gleichzeitig tat es ihm gut, Mitwisser zu haben, endlich auszusprechen, was so ungeheuerlich klang. Ihre Fremdheit ließ ihn die Gefahr vergessen. Und doch spürte er, dass er sich auf dünnem Eis bewegte.

Nach seinen letzten Worten trat Schweigen ein.

„Warum erzählst du uns das?", fragte misstrauisch der älteste der Söhne.

„Ich möchte, dass Ihr mir helft."

„Wir können dir nicht helfen."

„Warum hat David Levi in jener Nacht, als er ermordet wurde, das Haus verlassen?"

„Unser Vater ist tot", sagte der Mann. „Nichts und niemand wird ihn wieder zum Leben erwecken. Es hat keinen Sinn, darüber zu reden."

„Wollt Ihr, dass Unschuldige sterben?"

„Du weißt nicht, mit wem du redest, Junge. Wir müssen an uns und unsere Familien denken. Es können noch viel mehr Unschuldige sterben."

Arnd ließ sich nicht beirren. „Und der Mörder Eures Vaters soll ungeschoren davonkommen?"

Der Mann schnaufte. „Darum geht es doch überhaupt nicht."

„Moses!", tadelte ihn die Mutter. „Dieser Junge kommt in guter Absicht. Es ist nicht recht, ihn so vor den Kopf zu stoßen."

„Er ist ein Goi, Ima. Abba* hätte genauso gehandelt. Wir müssen an alles denken, an das, was wir erreicht haben, boruch Haschem*."

„Ich sage, es ist nicht recht, emess*."

Arnd schaute verwirrt vom Sohn zur Mutter.

„Auch gute Absichten können böse Folgen haben", wandte sich Moses an Arnd. Seine Stimme klang jetzt versöhnlicher. „Sieh mal – wie heißt du?"

„Arnd Wrede."

„Nun gut, Arnd. Nehmen wir einmal an, deine Vermutung ist richtig. Nehmen wir weiter an, unser Vater hatte den Schuldschein bei sich, als er aus dem Haus ging, und der Mörder hat ihn gefunden und an sich genommen. Wem wird das Gericht glauben? Einem Kaufmann, der aus einer alten münsterschen Familie stammt? Oder dem Sohn eines jüdischen Geldverleihers? Es wird heißen, die Juden wollen noch aus dem Tod ihres Vaters Geld schlagen. So sind sie, die Juden, immer denken sie nur an Geld, wird man sagen. Es wird böses Blut geben. Alle Juden in Münster, nicht nur wir, werden die Folgen zu tragen haben. So sieht es aus, Arnd. Deshalb gebe ich dir einen guten Rat: Geh nach Hause und vergiss die Geschichte! Diese beiden Templer werden sterben, so oder so. Ihr Schicksal liegt nicht in deiner Hand. Es reicht nicht, die Wahrheit zu wissen. Man braucht noch etwas anderes."

„Was meint Ihr?", fragte Arnd.

„Macht", sagte Moses Levi. „Ohne Macht ist die Wahrheit nichts wert."

Macht, dachte Arnd, wer hatte die Macht, die Hinrichtung zu verhindern und die Tempelritter zu retten? Ihm fiel nur einer ein, zu dem er gehen konnte.

Es war schon fast dunkel, als er vor dem Haus des Stadtrichters stand. Der Diener, der die Tür geöffnet hatte, zog die Nase hoch. „Mein Herr ist beim Abendessen. Er möchte nicht gestört werden. Komm morgen wieder!"

„Es ist wichtig“, beharrte Arnd. „Sag dem Herrn von Berdel, dass es um die Hinrichtung geht!“

Der Diener zögerte.

„Der Stadtrichter wird erzürnt sein, wenn er nicht erfährt, was ich ihm zu sagen habe. Willst du demnächst Schafe hüten, anstatt im warmen Haus Dienst zu tun.“

„Warte hier!“, knurrte der Diener und verschwand. Als er kurz darauf zurückkehrte, geleitete er Arnd wortlos in das Kaminzimmer.

Der Stadtrichter saß allein am Tisch. Arnd wusste, dass seine Frau vor einem Jahr gestorben war. Doch für einen Mann seiner Stellung war es ungewöhnlich, sich nicht sofort eine neue Frau zu nehmen.

„Setz dich!“, sagte der Stadtrichter freundlich. Seine Finger troffen vor Fett. „Möchtest du etwas essen?“

Arnd zog einen Hocker heran. „Nein, danke! Ich habe keinen Hunger.“

Sein Blick fiel auf den Braten, der auf dem Tisch stand. Erst jetzt wurde ihm bewusst, dass er seit dem Morgen nichts mehr gegessen hatte. Das Wasser lief ihm im Mund zusammen.

„Iss ruhig!“, ermunterte ihn Berdel grinsend. „Es ist genug da.“

Arnd nahm eine Scheibe Brot, schnitt ein Stück vom Braten ab und legte es auf das Brot. Laut schmatzend vertilgte er einen großen Bissen. Der Braten schmeckte herrlich.

Berdel leckte sich die Finger ab. „Du hast meinem Diener gehörig zugesetzt. Ich bin gespannt, was du mir Wichtiges zu erzählen hast.“

„Ich weiß, wer der Mörder ist“, sagte Arnd mit vollem Mund.

„Welcher Mörder?“, fragte Berdel.

„Der Mörder von Gerwinus Rike, David Levi und Hildegard Rademacher.“

„Und wer ist es?"

„Mein Herr, der Kaufmann Kleyhorst."

„Oha!", lachte der Stadtrichter. „Das ist aber eine Neuigkeit. Wie kommst du darauf?"

Wieder erzählte Arnd die Geschichte, die er sich zusammengereimt hatte: Dass Kleyhorst sich von Gerwinus Rike Geld geliehen hatte, um das Lösegeld an die Preußen zahlen zu können, und wie er danach, weil er ja alle Waren verloren hatte, einen Kredit beim Geldverleiher David Levi aufnehmen musste. Arnd berichtete von seiner Untersuchung des Kontorbuches, ebenso von seinen Gesprächen mit dem Knecht Bernd und der Familie Levi. Aus eigener Kenntnis wisse er, wie Kleyhorsts Geschäfte liefen, jedenfalls nicht gut genug, um die Kredite tilgen zu können. Kleyhorst, folgerte Arnd, habe nur eine Möglichkeit gesehen, sich vor dem Ruin zu retten: Er habe Rike und Levi, seine Gläubiger, getötet.

„Und was ist mit Hildegard Rademacher?", fragte Berdel.

„Sie war das Kebsweib von Rike", antwortete Arnd. „Bestimmt hat Rike ihr von der Geschichte in Russland erzählt, und sie hat versucht, Kleyhorst zu erpressen. Deshalb musste auch sie sterben."

Der Stadtrichter dachte nach. „Alles, was du gesagt hast, sind reine Vermutungen."

„Aber ..."

„Ich gebe gerne zu, dass einiges für deine Vermutungen spricht. Ich habe selber meine Zweifel, was die Tempelritter betrifft."

„Dann werdet Ihr die Hinrichtung verhindern?", hoffte Arnd.

„Das ist nicht so einfach, wie du denkst. Die Templer haben die Morde gestanden, und das Gericht hat sie zum Tode verurteilt." Der Stadtrichter hob die Hand, weil Arnd den Mund öffnete. „Ich weiß, was du sagen willst. Auch Geständnisse müssen nicht der Wahrheit entsprechen. Doch bevor ich etwas unternehmen kann, brauche ich einen Täter, der sich schuldig bekennt. Oder glaubst du etwa, dass dein Herr die drei eigenhändig ermordet hat?"

Arnd riss die Augen auf. Daran hatte er noch gar nicht gedacht. „Er wird jemanden dafür bezahlt haben."

„Richtig. Aber wen? Vielleicht einen Zigeuner, der zum Send gekommen ist. Oder irgendeinen armen Schlucker, der dringend Geld brauchte. Davon gibt es viele in der Stadt. Und da ist noch etwas." Berdel machte eine Pause. „Die Templer sind nicht nur wegen der Morde verurteilt worden, sondern auch wegen mehrerer Anschläge, in denen unser Fürstbischof beleidigt wird."

„Wie der an der Lambertikirche?", fragte Arnd.

Der Stadtrichter lächelte. „Du hast ihn also doch gelesen?"

„Nur die ersten Zeilen", log der Junge.

„Meister Kleyhorst hat die Texte sicher nicht verfasst. In ihnen ist von einem geheimen Wesen namens Baphomet die Rede, das von den Tempelrittern verehrt wird, wie wir aus sicherer Quelle wissen. Seine Exzellenz ist sehr erbost über die Anschläge. Selbst wenn die Templer an den Morden unschuldig sind, wird der Bischof wollen, dass sie bestraft werden."

Arnds Augen wurden feucht. So nah am Ziel hatte er sich gewähnt, und jetzt schien alles sinnlos zu sein.

Der Stadtrichter bemerkte die Verzweiflung des Jungen. „Ich werde morgen früh noch einmal mit dem Fürstbischof reden", gab er nach. „Heute Abend ist es zwecklos. Am Abend ist Seine Exzellenz immer ... sehr müde."

„Ihr müsst den Tempelrittern helfen!", flehte Arnd.

Berdel nahm einen Schluck aus seinem Weinbecher. „Versprich dir nicht zu viel! Ich kann wenig ausrichten. Wenn wir mehr Zeit hätten, dann vielleicht. Aber die Hinrichtung ist für morgen um neun Uhr angesetzt. Bis dahin ..."

Arnd stand auf. Sein Kopf war so leer wie eine Zisterne im Sommer. „Dann gehe ich jetzt besser."

Berdel empfand Mitleid mit dem Jungen. „Ich nehme an, du willst nicht zu Kleyhorst zurück?"

Arnd schaute ihn fragend an.

„Du darfst hier schlafen. Sag dem Diener, dass er dir einen Strohsack ins Gesindezimmer legen soll. Morgen musst du allerdings verschwinden. Kannst du irgendwo unterkommen?"

„Ja. Bei meinem Onkel."

„Fein." Der Stadtrichter nickte. „Gute Nacht."

„Gute Nacht", murmelte Arnd.

Die Arbeit am Blutgerüst dauerte bis tief in die Nacht hinein. Auf seinem Strohsack liegend hörte Arnd die lauten Rufe der Zimmerleute und ihre Hammerschläge, die durch das dünne Fenster drangen. Lange wälzte er sich hin und her, bis er in einen unruhigen Schlaf fiel.

Kapitel XIV

Man sollte meinen, Ihr habt einen Narren an diesen Tempelrittern gefressen", sagte Fürstbischof Konrad von Berg mürrisch. „Stets aufs Neue kommt Ihr mit irgendwelchen Ausflüchten, wilden Mutmaßungen, um nicht zu sagen Hirngespinsten. Der Kaufmann Kleyhorst ist ein unbescholtener Bürger. Glaubt Ihr wirklich, dass er durch die dunkle Nacht streicht und Menschen ermordet?"

„Wie ich bereits sagte, Exzellenz", erwiderte der Stadtrichter. „Ich nehme an, dass er einen Mörder gedungen hat."

„So? Natürlich, Ihr nehmt an. Schon wieder eine neue Vermutung. Habt Ihr einen Mörder? Hat er gestanden?"

„Nein", gab Berdel zu.

„Habe ich es mir doch gedacht. Wisst Ihr, Ritter von Berdel, Eure Thesen gleichen einem Gauklertrick. Solange man daran glaubt, ist alles gut. Aber sobald man eine Frage stellt, bricht alles zusammen. Ihr wollt mir einen Bären aufbinden."

„So etwas würde ich nie wagen, Exzellenz", widersprach der Stadtrichter.

„Dann hört auf, meine Entscheidungen in Frage zu stellen."

„Ich möchte nur verhindern, dass Unschuldige getötet werden."

„Unschuldig sind die Templer schon deshalb nicht, weil sie Tempelritter sind", brauste der Bischof auf. „Oder habt Ihr vergessen, dass der Papst den Orden verboten hat?"

„Durchaus nicht. Allerdings hat der Papst nicht gefordert, dass alle Ritter des Ordens hinzurichten seien."

„Gnade kann nur dem gewährt werden, der sie verdient“, versetzte Konrad. „Haben die feinen Herren von Monheim und von Eschwege ihrem Orden abgeschworen und sich bußfertig gezeigt? Nein, sie beharren stolz darauf, ohne Sünde zu sein. Schon deswegen haben sie den Tod verdient.“ Er betrachtete den Stadtrichter mit deutlicher Missbilligung. „Und was ist mit den Anschlägen? Wollt Ihr dafür auch Meister Kleyhorst verantwortlich machen?“

„Gewiss nicht“, sagte Berdel zerknirscht. „Für die Anschläge habe ich noch keine Erklärung.“

Der Fürstbischof spitzte den Mund. „Oh! Ihr habt noch keine Erklärung? Aber die Templer waren es nicht, wie?“

Der Stadtrichter senkte den Kopf.

Konrad schmatzte, weil sein Mund vom vielen Reden ausgetrocknet war. „Ich glaube, Ihr seid der Aufgabe des Stadtrichters nicht mehr gewachsen, Ritter von Berdel. Ich werde über Eure Ablösung nachdenken.“

„Wie Ihr meint“, sagte der Angesprochene mit brüchiger Stimme.

„Aber erst nach dem heutigen Tag. In wenigen Stunden findet die Hinrichtung statt. Da habt Ihr Eures Amtes zu walten. Und ich hoffe für Euch, dass Ihr es gut macht.“

Berdel stand auf und verabschiedete sich mit einer wortlosen Verbeugung.

Bischof Konrad nahm einen tiefen Schluck aus seinem Weinbecher und verfolgte den Abgang des Stadtrichters mit einem Seufzer. Eigentlich hatte er den Verstand und die Klugheit Berdels geschätzt. Aber jemand, der ihm schon am frühen Morgen solche schwierigen und zugleich unsinnigen Gespräche aufzwang, war einfach nicht mehr tragbar. Berdel war zu eigensinnig geworden, er verstand nicht, dass die Sicherung der Herrschaft bisweilen andere Dinge erforderte als die unbedingte Suche nach Wahrheit. Wer würde morgen noch danach fragen, ob die Templer die Morde wirklich begangen hatten? Jetzt kam es darauf an, ein Zeichen zu setzen. Danach würde sich das Volk auf den Send stürzen, und alle lästigen Zweifel wären weggewischt.

Bischof Konrad überlegte, wen er mit dem Amt des Stadtrichters betrauen sollte. Vielleicht den Bruder des Domherrn von Lüttringhausen. Der hatte, soweit er wusste, noch keine Pfründe. Und Lüttringhausen war einer der Wortführer des Domkapitels. Sich dessen Loyalität zu sichern, konnte nicht verkehrt sein. Loyalität war jetzt das Wichtigste. Aus Avignon kamen beunruhigende Nachrichten. Papst Clemens V. schien mit der Absetzung von Fürstbischof Otto III. nicht einverstanden zu sein. Schlimmstenfalls konnte er seine, Konrads, Wahl kassieren. Dann brauchte er so viel Unterstützung, wie er bekommen konnte, um nicht schmachvoll aus der Stadt gejagt zu werden.

Der Fürstbischof nahm sich vor, gleich nach der Hinrichtung mit Domherr von Lüttringhausen zu sprechen. Dann leerte er den Weinbecher in einem Zug.

Geduckt schlich Arnd zum Stall, geschickt alle Gegenstände als Deckung nutzend, die auf dem Hof herumstanden, so dass er vom Haus aus nicht gesehen werden konnte. Schon im Morgengrauen hatte er sich von seinem Strohlager erhoben. Irgendwann in der Nacht, zwischen Wachen und Schlafen, war ihm der zündende Gedanke gekommen. Er war sich jetzt sicher, wer Kleyhorsts Mordauftrag ausgeführt hatte. Doch da der Stadtrichter sicher nach Beweisen fragen würde, wollte er noch eine letzte Sache überprüfen. Deshalb hatte er sich in der Nähe von Kleyhorsts Haus auf die Lauer gelegt und gewartet, bis Bernd sich aufmachte, um nach den Schweinen und Rindern zu sehen.

Arnd betrat den Stall. Die Pferde streckten ihm ihre Köpfe

entgegen. Aus reiner Gewohnheit tätschelte er den Kopf der braunen Stute, die er am liebsten mochte. Dann eilte er weiter zur Schlafbucht des Knechtes. Vor einem Monat hatte er den Spieß zuletzt gesehen, damals lehnte er an der Holzwand, direkt hinter dem Strohlager. Und neulich abends, als er Bernd suchte, war der Spieß verschwunden. Glaubte Arnd jedenfalls.

Der Junge schaute sich um. Tatsächlich stand der Spieß nicht mehr an der Wand. Arnd guckte in alle Ecken, hob sogar den Strohsack hoch. Er hatte sich also nicht getäuscht. Dafür, dass der Spieß nicht mehr da war, gab es nur eine Erklärung: Bernd hatte ihn benutzt, um Gerwinus Rike aufzuspießen.

„Suchst du was?", fragte Bernd.

Arnd fuhr herum. Der Knecht war zurückgekehrt und hatte sich lautlos genähert.

„Ja. Äh ... dich."

„Unter dem Strohsack?"

„Nein. Ich ..."

„Wo warst du denn letzte Nacht?", fragte Bernd im Plauderton.

„Ich ... ich war bei einem Mädchen."

„Bei Grete?"

„Nein, bei ... einer anderen."

Bernd grinste schmierig. „Oh, der junge Herr treibt's aber wild. Kaum gibt ihm die Holde einen Korb, liegt er schon bei der Nächsten im Bett."

Arnd bemühte sich, ebenso anzüglich zurückzugrinsen. „Man muss das Eisen schmieden, solange es heiß ist, stimmt's?"

Das Gesicht des Knechtes verzerrte sich schlagartig zu einer brutalen Maske. „Hast du nach meinem Spieß gesucht?"

Arnd wurde rot. „Nein. Wie kommst du darauf?"

Breitbeinig stellte sich Bernd vor ihm auf. „Die Witwe Rike hat gestern unseren Herrn besucht. Sie hat sich über deine Unverschämtheit beschwert und wollte den Grund für deine Fragerei erfahren."

Arnd wich einen Schritt zurück. Er saß in der Falle. Die Schlafbucht des Knechtes war auf drei Seiten von Holzwänden umgeben, und auf der zum Stall hin offenen Seite stand die kräftige Gestalt des Mörders.

„Ich ..."

„Ich habe dich gewarnt", sagte Bernd ruhig. „Du hättest auf mich hören sollen."

Ohne Vorwarnung rammte Arnd seinen Kopf in den Bauch des Knechtes. Die Überraschung gelang, Bernd jaulte vor Schmerz auf und taumelte zurück. Arnd machte einen Satz zur Seite, und fast wäre es ihm auch gelungen, an dem Knecht vorbei zu kommen. Erst im letzten Augenblick schlossen sich zwei sehnige Arme wie eine Zwinge um seine Hüfte. Der Junge zerrte und trampelte, aber die Arme waren stärker und rissen ihn zu Boden. Sofort rollte sich Arnd auf den Bauch, auf allen Vieren krabbelte er zur Tür, ins Freie, das die Rettung versprach.

Er kam keine drei Fuß weit. Die Wucht, mit der sich Bernd auf ihn warf, nahm ihm die Luft zum Atmen. „Du hattest Recht", hörte er die heisere Stimme des Knechtes an seinem Ohr. „Rike hat Kleyhorst das Lösegeld für die Preußen vorgestreckt. Als Sicherheit hat er das Haus am Prinzipalmarkt verlangt. Das konnte unser Herr ihm nicht überlassen, das verstehst du doch? Und auch der Jude wurde lästig. Deshalb mussten beide sterben, ebenso wie Rikes Friedelfrau, die sich einbildete, sie könnte Kleyhorst ausnehmen, wie sie Rike ausgenommen hat. So, nun weißt du es. Bist du jetzt zufrieden? Sag schon!"

Der Knecht riss Arnds Kopf an den blonden Haaren hoch.

Arnd wimmerte.

„Dumm nur, dass dir dein Wissen nichts mehr nützt", redete der Peiniger weiter. „Denn bevor du es jemandem erzählen kannst, bist du tot."

Dann schlug er Arnds Kopf mit voller Wucht gegen den Boden.

„Ihr?", sagte Domherr von Lüttringhausen gereizt. „Habt Ihr nichts Besseres zu tun? Müsst Ihr nicht die Verurteilten auf die Hinrichtung vorbereiten?"

„Das sollen andere erledigen", antwortete der Stadtrichter gelassen.

„Eine merkwürdige Auffassung Eurer Pflichten", bemerkte der Domherr spitz. „Nun, darüber hat der Bischof zu richten und nicht ich. Aber bitte, Ritter von Berdel, fasst Euch kurz! Ich will mich vor dem Blutgericht noch umkleiden."

„Warum habt Ihr die Anschläge verfasst?"

Der Domherr schaute den Frager fassungslos an, dann brach er in ein schallendes Gelächter aus.

„Seid Ihr noch bei Verstand, Berdel? Ich soll die Anschläge geschrieben haben?"

„Niemand anderer als Ihr."

Lüttringhausen kniff die Augen zusammen. „Habt Ihr einen Grund für diese Annahme?"

„Mehr als einen."

„Nur heraus mit der Sprache! Ich möchte mich amüsieren, wie die Franzosen sagen."

„Eben", versetzte der Stadtrichter. „Ihr wart in Frankreich, Ihr kanntet die Geschichten über Baphomet. Habt Ihr uns nicht selbst darüber aufgeklärt?"

„Na und? Dass ich von Baphomet gehört habe, bedeutet doch nicht, dass ich die Feder geschwungen habe. Soweit ich unterrichtet bin, haben die Templer die Anschläge gestanden."

Berdel winkte ab. „Sie haben gestanden, weil sie dem Peinlichen Verhör entgehen wollten. Ich habe die Texte noch einmal studiert. Je länger ich darin las, desto sicherer war ich, dass sie nicht von den Templern stammen. Sie waren auf der Flucht und suchten einen sicheren Unterschlupf. Warum sollten sie einen Bischof angreifen, den sie nicht einmal kannten, und die ganze Stadt auf sich aufmerksam machen?"

„Ihr kennt Euch also damit aus, wie Templer denken", höhnte der Domherr. „Aber könnt Ihr mir auch erklären, lieber von Berdel, woher ich wissen sollte, dass diese Satansanbeter in der Stadt sind? Oder glaubt Ihr, dass ich über die Gabe der Hellseherei verfüge?"

„Ihr wusstet es nicht", antwortete der Stadtrichter. „Es kam Euch nur gelegen, als Ihr davon erfuhret. So konntet Ihr den Tempelrittern die Anschläge anhängen und zugleich Euer Ziel verfolgen."

„Welches Ziel?"

„Den Fürstbischof zu stürzen. Wie Ihr bei meinem letzten Besuch sagtet: Die Macht Seiner Exzellenz ist geschwächt, solange das Urteil aus Avignon aussteht. Würde Bischof Konrad freiwillig zurücktreten, wäret Ihr einer der ersten Anwärter auf seinen Stuhl. Also habt Ihr versucht, die Gunst der Stunde zu nutzen und ihn unter Druck zu setzen. Die Anschläge richten sich nur scheinbar an das Volk. Euch war von vorneherein klar, dass die Gemeinheit die Schriften gar nicht verstehen würde. Aber das war auch nicht Eure Absicht. In Wirklichkeit wolltet Ihr Konrad Angst einjagen."

„Eure Dummheit wird nur von Eurer bodenlosen Frechheit übertroffen", fuhr ihn der Domherr an. „Doch diesmal seid Ihr zu weit gegangen. Ich werde dafür sorgen, dass Ihr aus Eurem Amt entfernt werdet."

„Noch könnt Ihr die Stadt verlassen", sagte Berdel ruhig. „An Eurer Stelle würde ich nicht zögern."

Der Domherr atmete schwer. „Mann, Ihr habt nichts gegen mich in der Hand.“

„Doch. Ich habe einen Zeugen.“

„Wen?“

„Euren Diener. Bei meinem Besuch neulich abends ist mir noch etwas aufgefallen. Sein blauer Daumen. Es sah aus, als habe er sich mit dem Hammer verletzt. So etwas kann geschehen, wenn man einen Nagel in eine Kirchentür schlagen will. Heute in der Frühe habe ihn festnehmen lassen, und der Scharfrichter hat ihm die Folterinstrumente vorgeführt. Da hat er gestanden, für Euch die Anschläge verteilt zu haben.“

Lüttringhausen schwankte und hielt sich am Kaminsims fest. „Das ...“

„Ich gebe Euch eine Stunde“, sagte der Stadtrichter kalt. „Dann werde ich den Fürstbischof unterrichten.“

Kapitel XV

Arnd wachte auf, als ihn Bernd mit den Füßen voran zur Jauchegrube schleifte. Das wusste er, ohne die Augen zu öffnen. Der stärker werdende Gestank war eindeutig. Arnd zog es vor, weiter den Ohnmächtigen zu spielen. Er ahnte, was der Knecht vorhatte. Es sollte aussehen wie ein Unfall. Immer mal wieder fiel jemand in eine Jauchegrube, und die giftigen Dämpfe raubten auch dem kräftigsten Mann in kürzester Zeit die Sinne. Das alles schoss dem Jungen durch den schmerzenden Kopf, der wie ein Spielball über den Boden hüpfte. Nur mit äußerster Willenskraft konnte er einen Schmerzensschrei unterdrücken.

Jetzt ließ Bernd die Beine fallen. Sie waren wohl am Rand der Grube angekommen. Arnd hörte, wie der Knecht um ihn herumging. Dann legten sich kräftige Arme um seinen Oberkörper und zogen ihn hoch. Arnd spürte Bernds Atem in seinem Nacken. Das war der Augenblick, auf den er gewartet hatte, der Augenblick, in dem Bernd wehrlos war. Der Junge nahm seine ganze Kraft zusammen und trat nach hinten. Und er hatte Glück. Der Knecht schrie auf, der Griff der Arme lockerte sich. Arnd riss sich los. Um ein Haar wäre er dabei tatsächlich in die Grube gestürzt. Gerade konnte er noch die Bewegung seines Körpers abfangen und mit ein paar Trippelschritten zur Seite entkommen.

Bernd hielt die rechte Hand vor den Unterleib gepresst. Arnd hatte ihn an der empfindlichsten Stelle getroffen. Doch in seinen Augen loderte neben Schmerz und Überraschung auch mörderische Wut. Noch hatte der Mann nicht aufgegeben.

Arnd tänzelte um ihn herum. Schwerfällig folgte der Knecht seinen Bewegungen. Und dann trat Arnd noch einmal zu, diesmal mit mehr Kraft und größerer Entschlossenheit. Gurgelnd ging Bernd zu Boden.

Arnd floh so schnell es sein geschundener Körper zuließ. Als er an der Straße ankam, blickte er sich um. Bernd stand schon wieder auf den Beinen. Der Knecht war ein zäher Gegner.

Auf dem Domplatz hatte sich eine große Menschenmenge versammelt. Die Hinrichtung nahte. Der Fürstbischof, fast alle Domherren, die Bürgermeister und die Ratsherren standen hinter dem Blutgerüst. Auf der anderen Seite des Platzes, vor dem Bischofspalast, kam Bewegung in die Menge. Die Tore des Palastes öffneten sich. Der Henker und einige Botmeister führten die Tempelritter durch die Gasse, die die Schaulustigen bildeten. Ganz am Ende des Zuges schritt der Schinder.

Bischof Konrad von Berg sah, dass der junge Scharfrichter sehr bleich war. Noch nie hatte er bei einem derart bedeutenden Ereignis die Klinge geschwungen. Konrad wusste, dass ein ungeschickter Henker das Volk gegen sich aufbringen konnte, und hoffte inständig, dass der junge Mann eine ruhige Hand behalten würde. Die Templer dagegen, die mit auf dem Rücken gefesselten Händen dem Henker folgten, gingen gefasst und würdevoll zwischen den gaffenden Menschen hindurch.

Der Bischof kniff die Augen zusammen. Wo war Ritter von Berdel? Der Stadtrichter hätte die Verurteilten begleiten müssen, aber er befand sich nicht in der Kohorte, die sich dem Schafott näherte. Das Gesetz sah vor, dass der Stadtrichter das Urteil verkündete. Wollte sich Berdel tatsächlich widersetzen? Der Bischof stieß eine lautlose Verwünschung aus. Falls Berdel das wagte, würde sein Kopf als nächster rollen.

Doch da hörte er die Stimme des Stadtrichters.

„Lasst mich durch!", rief Berdel und drängte sich durch die Menge. Fast gleichzeitig mit den Verurteilten traf er am Blutgerüst ein.

„Ihr vernachlässigt Eure Pflichten, Ritter von Berdel", knurrte der Bischof.

Berdel deutete eine Verbeugung an. „Ihr müsst die Hinrichtung verschieben, Exzellenz. Ich weiß jetzt, wer die Anschläge verfasst hat."

„Seid Ihr von Sinnen, Mann!", herrschte Konrad ihn an. „Waltet Eures Amtes oder ich lasse Euch in Ketten legen."

„Es war Domherr von Lüttringhausen", sagte Berdel unbeirrt. „Er hat soeben die Stadt verlassen."

Die Domherren, die hinter dem Bischof standen, begannen zu murren.

Konrad lief rot an. „Ihr wagt es ..."

„Ich hielt es für das Beste, ihm die Gelegenheit zur Flucht zu geben", fuhr Berdel fort. „Heute Morgen habe ich seinen Diener verhaften lassen. Er hat gestanden, die vom Domherrn verfassten Schreiben an die Kirchentüren geschlagen zu haben. Begreift Ihr nicht, Exzellenz. Lüttringhausen wollte Euch stürzen."

Konrad von Berg war einen Moment verunsichert. Die Überzeugung, die aus den Worten des Stadtrichters sprach, wirkte glaubwürdig. Und dass Domherr von Lüttringhausen nicht zur Hinrichtung erschienen war, ließ sich nicht leugnen. Der Blick des Fürstbischofs fiel auf Egbert von Monheim. Die Tempelritter hatten, ebenso wie der Henker, das Gespräch verfolgt. Auf dem Gesicht Monheims zeigte sich ein überlegenes Lächeln.

„Nein." Konrad stampfte mit dem Fuß auf. „Sie sind Templer und sie haben die Morde gestanden. Sie werden hingerichtet."

„Aber sie haben die Morde nicht begangen", widersprach Berdel.

„Darüber entscheide ich und nicht Ihr", fuhr ihn der Bischof an. „Werdet Ihr nun das Urteil verkünden oder nicht?"

„Mein Gewissen verbietet mir, ein solches Unrecht zu begehen."

Das Volk wurde lauter. Mit Ausnahme einiger weniger, die ganz vorne standen, konnte niemand verstehen, worüber sich die hohen Herren stritten. Doch dass etwas nicht stimmte, war allen klar. Schon längst hätten der Henker und die Verurteilten das Gerüst betreten müssen. Aus den hinteren Reihen der Menge erschollen Pfiffe und erboste Rufe.

Der Fürstbischof schwankte. Er spürte, wie das Blut in seinem Kopf dröhnte. Vor seinen Augen verschwammen die Gesichter im Nebel.

„Das werdet Ihr büßen. Nachdem das hier vorüber ist", flüsterte er giftig. „Von der Wieck", wandte er sich an den neben ihm stehenden Bürgermeister, „Ihr werdet das Urteil verkünden."

„Nein, das werde ich nicht", widersprach von der Wieck. „Der Stadtrichter hat Recht, die Hinrichtung sollte verschoben werden."

„Ich werde es tun", sagte Bürgermeister Plönies.

„Plönies", sagte von der Wieck scharf, „überlegt gut, was Ihr anrichtet."

„Wir dürfen das Volk nicht enttäuschen", erwiderte Plönies, „sonst richtet sich die Wut gegen uns."

Verwirrt hatte Jonas, der Henker, das Wortgefecht verfolgt. Dass sich die Herren, denen er diente, nicht einigen konnten, verstärkte seine Unruhe.

„Nun mach schon!", fuhr ihn Bürgermeister Plönies an. „Schaff die Verurteilten auf das Gerüst!"

Fragend schaute Jonas zum Stadtrichter, doch der wandte den Kopf zur Seite.

„Willst du gehorchen?“, bellte Plönies. „Oder sollen wir dich aus der Stadt jagen?“

„Nein, Herr“, stammelte Jonas. „Ich ... ich bin bereit.“

Mit zitternden Händen schob er die Tempelritter auf die Rampe, wo sie vom Jubel der Schaulustigen empfangen wurden.

Bürgermeister Plönies verkündete in einer kurzen Ansprache das Urteil. Dann trat ein Priester vor die Verurteilten. Der Priester sprach ein Gebet, segnete Monheim und Eschwege, schließlich forderte er sie auf, ihre Sünden zu bereuen.

„Ja, ich will meine Sünden bereuen“, sagte Egbert von Monheim. Bevor ihn die Botmeister aufhalten konnten, trat er mit raschen Schritten an den Rand des Gerüstes, so dass ihn alle sehen konnten.

„Mein Freund Ludolf von Eschwege und ich, Egbert von Monheim, haben gesündigt“, begann Monheim mit lauter Stimme, ohne auf die vereinzelten Schmährufe zu achten. „Wir haben gesündigt wie alle Menschen sündigen, weil wir fehlbare Wesen sind. Ja, wir haben viele Sünden begangen. Es stimmt, wir gehörten dem Orden der Tempelritter an, einem Orden, der dem Papst zweihundert Jahre lang treu gedient hat. Unser Orden ist von einigen Männern in Verruf gebracht worden, die sich unsere Schätze aneignen wollten. Einer davon war der König von Frankreich. Doch das, was man meinen Mitbrüdern und mir vorwirft, ist eine Lüge. Niemals haben wir fremde Götter oder den Satan verehrt, niemals haben wir die Lehre der Kirche in Frage gestellt, niemals haben wir gegen den Papst aufbegehrt.“

„Schluss damit“, schrie der Fürstbischof. „Er wiegelt noch das Volk auf. Plönies, macht dem ein Ende!“

Fasziniert vom unbeugsamen Stolz des Tempelritters verfolgten die Menschen auf dem Domplatz das Spektakel, das sich ihnen bot.

„Stopft ihm das Maul!", rief Plönies den Botmeistern zu.

„Aber vor allem", verkündete Monheim, während zwei Botmeister an seinen Armen zerrten, „haben wir nicht die Taten begangen, deren man uns hier, in der schönen Stadt Münster, bezichtigt. Wir haben niemanden ermordet und wir haben nicht gegen den Fürstbischof gehetzt."

Der Schinder beeilte sich, den Verurteilten Augenbinden anzulegen.

„Tu endlich deine Arbeit!", fauchte Plönies den Henker an.

Die Botmeister drückten Monheim auf den Holzklotz. Ein geflochtener Korb stand bereit, um den abgeschlagenen Kopf aufzufangen. Jonas hob das Schwert. Seine Arme zitterten jetzt sehr stark, die Klinge schwankte wie ein Halm im Wind.

Arnd drängte sich durch das Meer der Schaulustigen. Er spürte, dass Bernd hinter ihm war, den Abstand zwischen ihnen Fuß um Fuß verringerte. Und das Blutgerüst war noch so weit entfernt.

„Halt!", brüllte Arnd, als er sah, wie der Henker das Schwert in die Luft reckte. „Sie sind unschuldig."

Verblüfft wichen die Menschen vor dem Jungen zurück, der mit Riesenschritten zum Schafott eilte. Jonas schaute zum Bürgermeister Plönies und Plönies zum Fürstbischof. Konrad von Berg war wie vom Schlag getroffen. Mit offenem Mund starrte er auf den Jüngling, der inzwischen auf dem Gerüst stand.

„Dieser Mann da", Arnd zeigte auf Bernd, „der Knecht von Meister Kleyhorst, hat im Auftrag seines und meines Herrn Gerwinus Rike, David Levi und Hildegard Rademacher ermordet. Er ist der Mörder, nicht die Tempelritter."

Bernd zog den Kopf ein und versuchte sich davonzuschleichen.

Bürgermeister von der Wieck gewann als Erster seine Fassung zurück. „Haltet ihn fest", rief er den Leuten zu, die in Bernds Nähe standen.

Zuerst zögernd, dann entschlossener ergriffen viele Hände das Wams des Knechtes. Bernd zappelte wie eine Fliege im Spinnennetz, riss sich los, schlug wild um sich, mit dem Erfolg, dass er selbst eine Tracht Prügel kassierte.

Bürgermeister von der Wieck eilte herbei. „Aufhören!", befahl er den Umstehenden. „Schlagt ihn nicht tot!"

Die Leute wichen zurück. Bernd stand auf und wischte sich das Blut aus dem Gesicht.

„Hast du die Morde begangen?", fragte von der Wieck den Knecht. „Wenn du es im Auftrag deines Herrn getan hast, erwartet dich ein mildes Urteil. Falls du aber leugnest, wirst du die Höllenqualen der Tortur erdulden müssen."

„Ja, ich war's", keuchte Bernd. „Ich habe sie getötet, alle drei."

Noch immer stand der Henker mit erhobenem Schwert über Monheim.

„Wie lautet Euer Befehl, Exzellenz?", fragte Plönies den Fürstbischof.

„Um Himmels Willen", flehte der Stadtrichter. „Ihr müsst sie begnadigen, Exzellenz."

„Begnadigen!", schallte es vom Domplatz zurück. „Begnadigt sie!"

Konrad von Berg atmete schwer. Der Schwindel in seinem Kopf wurde stärker. Er musste sich auf einen Diener stützen.

Schon flogen die ersten Äpfel und Eier auf das Blutgerüst. Ein rohes Ei klatschte auf Plönies' Wams.

„Handelt, bevor es zu spät ist!", herrschte Berdel den Bischof an.

„Ja, ich begnadige sie", sagte Konrad matt. „Lasst die Templer frei!"

Kapitel XVI

Der Send lockte Menschen aus dem ganzen Fürstbistum nach Münster. Selbst aus Flandern und Friesland waren Händler gekommen, um ihre Waren feilzubieten. Viele Besucher, deren Einkünfte gerade für das Notwendigste reichten, bestaunten nur die riesige Auswahl an Stoffen, Preziosen und seltenen Gewürzen. Nicht im Traum konnten sie daran denken, diese Kostbarkeiten zu erwerben. Andere, reiche Bürger, Edelleute, Hofbeamte und ihre Frauen, deckten sich mit Waren für ein ganzes Jahr ein. Töchter im heiratsfähigen Alter kauften Stoffballen für neue Kleider und ließen sie von ihren Dienern nach Hause tragen.

Doch mindestens genauso verlockend wie der Markt war für alle, ob reich oder arm, die andere Seite des Send. Denn für einige Tage im Jahr verwandelte sich Münster in eine große Bühne.

Von Jahrmarkt zu Jahrmarkt zogen die Gaukler und Possenreißer, Tänzerinnen in anzüglichen Gewändern, Wahrsagerinnen und Quacksalber. Für ein paar Pfennige, einen Laib Brot oder einen Becher Wein schluckten sie Schwerter, kauten sie Stein zu Staub, ließen sie Bären und Affen tanzen. Sie erzählten schlüpfrige Geschichten, verkauften Wundermittel, erstellten Horoskope und spielten zum Tanz auf. Manchmal führten sie kurze Possen auf, die vor Derbheit und schmutzigen Witzen strotzten.

Natürlich fanden nicht alle Gefallen an diesem Treiben. Der Send war auch ein Fest der Diebe und Räuber. Die Botmeister der Stadt, von den Bürgermeistern zu erhöhter Wachsamkeit ermahnt, streiften zwischen den Ständen umher. Und wer auf frischer Tat ertappt wurde, fand sich unversehens am Pranger oder auf der Galgheide wieder.

Vor allem aber die Kirche sorgte sich um das Seelenheil ihrer Gläubigen. Von heiligem Zorn erfüllte Mönche und Beamte des Fürstbischofs hielten Ausschau nach allzu geschmacklosen oder ketzerischen Darbietungen. Für viele Kirchenmänner waren Schauspieler nichts anderes als Gehilfen des Satans. Und wenn sich einer dieser Possenreißer zu einem Witz über den Papst oder die Heilige Familie hinreißen ließ, schritten sie ein und jagten ihn aus der Stadt.

In den letzten Jahren war Arnd in jeder freien Stunde auf dem Send herumgestreift. Auch in diesem Jahr hatte er sich seit Wochen auf das Fest gefreut. Doch jetzt, als er sein Pferd an dem Jahrmarkt vorbeilenkte, war ihm das Treiben nur einen müden Blick wert.

An dem Tag und in der Nacht, die seit der im letzten Augenblick verhinderten Hinrichtung vergangen waren, hatte sich viel ereignet. Für Arnd begann heute ein neues Leben, eines, von dem er selbst nicht wusste, wie es aussehen würde.

Ein letztes Mal war Arnd im Kleyhorstschen Haus am Prinzipalmarkt gewesen, um seine wenigen Habseligkeiten einzusammeln. Clara Kleyhorst hatte in der Stube gesessen und sich die Augen aus dem Kopf geweint. Der Kaufmann war von Botmeistern abgeholt worden und wartete jetzt zusammen mit dem Knecht Bernd im Verlies des Rathauses auf seinen Prozess, der für beide nur den Tod bedeuten konnte. Als Arnd die Treppen hinaufstieg, hörte er, wie Egbert von Monheim seine Vetterin zu trösten versuchte. Die Verzweiflung im Haus war mit Händen zu greifen, und Arnd beeilte sich, den kleinen Sack mit seinen Sachen zu füllen. Dann verabschiedete er sich von der Köchin Lene, die ihn an ihre füllige Brust presste und ein paar Tränen verdrückte. Es war ein Abschied für lange Zeit, denn dem Jungen war klar, dass er Münster verlassen musste.

Die Nacht verbrachte er in dem kleinen Haus neben der Ludgerikirche, in das die Tempelritter zurückgekehrt waren. Gemeinsam mit Monheim und Eschwege leerte er einige Becher Wein, während sie Pläne für die Zukunft schmiedeten. Schon am nächsten Morgen wollten sie aufbrechen und in den nächsten Wochen so weit wie möglich nach Osten reiten. Monheim und Eschwege hatten vor, sich dem Deutschritterorden anzuschließen, der in den Ländern an der Ostsee, in Livland, Kurland, Semgallen und im Culmer-Land große Gebiete beherrschte. Ihr Ziel war die Marienburg an der Nogat, wo der Hochmeister des Ordens residierte. Auf dem Weg dorthin, hoffte Arnd, würde er eine Stadt finden, in der er sich niederlassen konnte. Die Tempelritter versprachen, ihm als Dank für seine selbstlose Rettungstat das Kapital für die Gründung eines Handelskontors zu schenken. Über genügend Vermögen verfügten sie, da Stadtrichter von Berdel dafür gesorgt hatte, dass sie ihr Geld und ihre Edelsteine zurückerhielten. Und gleich als erstes hatten sie für Arnd ein Pferd gekauft, damit seiner Abreise nichts mehr im Wege stand.

Am Abend stieß Ritter von Berdel zu der kleinen Runde. Er hatte soeben, in einer Unterredung mit dem Fürstbischof, sein Amt als Stadtrichter niedergelegt, wollte Münster jedoch nicht verlassen, sondern sich auf sein kleines Gut außerhalb der Stadtmauern zurückziehen.

Der Wein trug dazu bei, dass die Gespräche allmählich heiterer und gelöster wurde. Mit klammheimlicher Freude erzählte Berdel von Gerüchten, die in der Domburg kursierten. Danach gab es eine große Unzufriedenheit unter den Domherren, die sich gegen den Fürstbischof richtete. Die Tage des Konrad von Berg schienen gezählt.

Erst spät in der Nacht verließ der ehemalige Stadtrichter das Haus. Monheim und Eschwege gingen in ihre Kammern und Arnd legte sich auf einen Strohsack neben dem Kamin.

Auch wenn ihm die Müdigkeit noch in den Gliedern steckte, weil die Nacht viel zu kurz gewesen war, in Arnd überwog die Freude und die Aufregung über den Aufbruch, als er hinter den Tempelrittern auf das Kreuztor an der Ostseite der Stadtmauer zuritt. Noch einmal drehte er sich im Sattel um und nahm das Bild auf, das sich ihm bot. Ob er den Dom und die Lambertikirche jemals wiedersehen würde? Vielleicht käme er irgendwann einmal, als reicher Kaufmann, nach Münster zurück. Aber dann würde sich bestimmt niemand mehr an den kleinen Kaufmannsgehilfen Arnd Wrede erinnern.

Nachwort

Fürstbischof Konrad von Berg trat am 15. August 1309 von seinem Amt zurück. Er überließ die Regierungsgeschäfte des Fürstbistums einem Rat und zog sich nach Köln zurück. Vermutlich war zu diesem Zeitpunkt bereits absehbar, wie Papst Clemens V. entscheiden würde, denn am 18. März 1310 erklärte der Papst die 1306 erfolgte Wahl Konrads für ungültig. Da Konrads Vorgänger, Fürstbischof Otto von Rietberg, bereits 1308 in Poitier gestorben war, musste ein neuer Fürstbischof gewählt werden.

Seit dem 9. Jahrhundert existierte eine lebendige jüdische Gemeinde in Münster. Ihr Ende kam im Sommer 1350, als die „große Pest" Westfalen erreichte. Wie in vielen anderen Orten gab man auch in Münster den Juden die Schuld am Ausbruch der Seuche. Der Chronist Heinrich von Herford berichtet, die Juden seien fröhlich, ja tanzend zur Hinrichtungsstätte geeilt und hätten dort zuerst ihre Kinder, dann die Frauen, zuletzt sich selbst den Flammen übergeben, „damit nicht durch menschliche Schwäche etwas gegen das Judentum vorgebracht werden könnte".

Im Oktober 1311 trat in Vienne ein Konzil zusammen, das über das weitere Schicksal des Templerordens beraten sollte. Als die Kirchenfürsten sich nicht entschließen konnten, den Orden endgültig zu verbieten, drohte der französische König Philipp, mit seinem Heer nach Vienne zu ziehen. Papst Clemens verstand die Warnung und erklärte am 22. März 1312

„mit Trauer im Herzen" die Auflösung des Ordens der Armen Brüder Christi.

Die Prozesse gegen einzelne Mitglieder des Ordens gingen unterdessen weiter. Am 18. März 1314 wurden die vier höchsten Würdenträger der Tempelritter, die zuvor ihre Schuld eingestanden hatten, zu lebenslanger Kerkerhaft verurteilt. Doch nach der Urteilsverkündung erhoben sich Jacques de Molay, der letzte Großmeister des Ordens, und einer seiner Stellvertreter von ihren Sitzen und verkündeten der versammelten Menge, dass der Orden und seine Regeln heilig wären und dass sie allein aus Angst vor der Folter gestanden hätten. Das ließ sich König Philipp natürlich nicht bieten. Er befahl, die beiden Männer auf dem Scheiterhaufen zu verbrennen.

Als am nächsten Tag die Flammen das Reisig entzündeten, wiederholte Jacques de Molay seine Unschuldsbehauptung und rief aus, dass Gott selbst sein Rächer sein werde. Späteren Überlieferungen zufolge soll er den König und seine Nachkommenschaft bis in die dreizehnte Generation verflucht und mit seinen letzten Worten gesagt haben, dass er Papst und König innerhalb des nächsten Jahres vor dem Richterstuhl Gottes treffen werde. Tatsächlich starb Papst Clemens V. einen Monat später an der Ruhr, und Philipp IV. erlag im Dezember 1314 den Folgen eines Reitunfalls. Dass auch seine drei Söhne, ohne männliche Nachkommen zu hinterlassen, innerhalb kurzer Zeit starben, begründete die Legende dieses Fluches.

Vielfältig sind die Mythen, die sich um das Ende des Templerordens, sein angeblich geheimes Fortbestehen und die Beziehungen der Tempelritter zu gnostisch-esoterischen Lehren und Praktiken ranken. Tatsächlich findet man noch heute an einigen Templerbauten, wie der Christusritterburg in Tomar (Portugal), Abbildungen eines Wesens mit zwei Gesichtern.

Offenbar handelt es sich dabei jedoch nicht um Idole, denn diese wurden von den verhörten Templern immer als „Büste“ oder „Haupt“ beschrieben. Ein solches Idol wurde nicht entdeckt, lediglich ein silbernes Kästchen in Form eines menschlichen Kopfes mit der Inschrift *Caput LVIII* (Haupt 58), möglicherweise ein Reliquienschrein, wie er im Mittelalter durchaus üblich war.

Letztlich ungeklärt bleibt auch die Bedeutung des Namens Baphomet, mit dem verhörte Templer das geheime Wesen bezeichneten, das von der Elite des Ordens verehrt würde. Neben den im Roman (von Egbert von Monheim) geäußerten Vermutungen, dass es sich um eine Verballhornung von *Mahomet* (für Mohammed) oder eine Kombination von *Bafh* (Taufe) und *Meteos* (Weihe) handeln könne und Johannes der Täufer gemeint sei, gibt es noch zahlreiche andere Deutungen. Einige Forscher meinen, der Name spiele auf die zypriotische Hafenstadt Baffo an, in der es einen berühmten Tempel gab, andere glauben, Baphomet komme von *Bapheus mété*, was man mit „Färber des Mondes“ übersetzen könne. Als „Mondfärber“ wurden in der damaligen Zeit die Alchimisten bezeichnet, die mit Hilfe des Steins der Weisen Silber (die Farbe des Mondes) in Gold verwandeln konnten.

Anlass zu Spekulationen gibt auch die Tatsache, dass vielen Tempelrittern die Flucht gelang, in Spanien und Portugal der Orden sogar erst 1317 aufgelöst wurde. Als Fluchtpunkt oder Ort eines geheimen Weiterlebens des Ordens wird am häufigsten Schottland genannt. Vollkommen unbewiesen ist die Behauptung, dass es eine amerikanische Kolonie der Tempelritter (150 Jahre vor Columbus) gegeben habe.

Dass sich in den Tresoren des Temple, der Tempelritterburg in Paris, weitaus weniger Gold befand, als die Geschichten vom unermesslichen Reichtum der Templer vermuten ließen, begründete einen weiteren Mythos, nämlich den Mythos des versteckten Schatzes. Mit Pendeln, Wünschelruten und genauestem Studium der alten Dokumente versuchten zahlreiche Schatzsucher in den vergangenen Jahrhunderten ihr Glück. Gefunden hat ihn keiner, obwohl noch im Jahr 1946 der Franzose Roger Lhomoys behauptete, er habe ihn unterhalb der Burg Gisors entdeckt. Dummerweise wollte ihm niemand glauben, und wegen der Gefährlichkeit der Ausgrabungen wurde das Gebiet zum Sperrbezirk erklärt.

In den Jahrhunderten nach seiner Auflösung geriet der Templerorden zunächst in Vergessenheit. Erst im 18. Jahrhundert äußerten Freimaurer die Auffassung, sie seien die legitimen Nachfolger der Templer, was zu einem freimaurerischen Templertum mit dem „Ordre du Temple" in Frankreich und den „Knights Templars" in England führte. Nach dem „Alten und Angenommenen Schottischen Ritus", der noch heute von vielen Freimaurerlogen in aller Welt praktiziert wird, darf sich ein Freimaurer im 33. Grad „Wohltätiger Ritter der Heiligen Stadt" nennen.

Anfang des 20. Jahrhunderts musste der Templerorden als Namensgeber für okkultistische und esoterische Vereinigungen herhalten. So gründete Adolf Josef Lanz, alias Jörg Lanz von Liebenfels, im Jahr 1900 den „Ordo Novi Templi" (Neuer Templerorden). Lanz verband Tempelritter-Legenden mit einer faschistischen Rassenlehre und beeinflusste die Ideologie des Nationalsozialismus.

1901 gründeten der Wiener Fabrikant Carl Kellner und der deutsche Theosoph Franz Hartmann den „Ordo Templi Orientis" (Orientalischer Templerorden), abgekürzt O. T. O. Der ursprünglich als freimaurerische Studiengruppe gedachte Geheimbund wurde bald zu einem Sammelbecken aller möglichen okkultistischen und gnostischen Traditionen.

1912 trat der englische Magier und Neo-Satanist Aleister

Crowley in den O. T. O. ein. Als „Bruder Baphomet" wurde er Großmeister des Ordens, praktizierte Sexualmagie und hielt Schwarze Messen ab, für deren Ritual er ein Glaubensbekenntnis schrieb, in dem es u. a. heißt: „Tu was du willst soll sein das ganze Gesetz."

Ende 1945 stieß der Science fiction- und Fantasy-Autor Lafayette Ronald Hubbard zu der kalifornischen Gruppe des O. T. O. Hubbard hielt mit seinem Ordensmeister Jack Parsons magische Rituale ab, vertrieb mit einem „magischen Schwert" ein „bräunlich-gelbliches Licht von sieben Fuß Höhe" oder nagelte mit vier Wurf-Messern einen Dämon an die Tür. Crowley war über die Aktivitäten seiner amerikanischen Jünger nicht begeistert. In einem Brief an einen anderen O. T. O.-Magier schrieb er: „Ich könnte rasend werden, wenn ich über die Idiotie dieser Tölpel nachdenke."

L. Ron Hubbard trat bald darauf aus dem O. T. O. aus und gründete seine eigene Kirche, die „Scientology-Kirche". Für deren Ideologie verwendete er etliche Bausteine aus dem Lehrgebäudes des O. T. O., die von Aleister Crowley, alias Bruder Baphomet, formuliert worden waren. Das Kreuz der „Scientology-Kirche", dessen Balkenenden jeweils in drei kleine Rundungen auslaufen, erinnert an das Templer-Kreuz, ist allerdings ergänzt durch spitze Dreiecke, die wie Strahlen vom Kreuzungspunkt der beiden Kreuzbalken ausgehen. Auch dieses Kreuz wurde von Crowley entworfen, jedoch für die Rückseite eines von ihm gestalteten Tarotspiels.

Wesentlich besser als den Tempelrittern erging es den beiden anderen Kreuzritterorden. Obwohl sie sich in der Organisation und den Aufgaben ähnelten – alle drei Orden versuchten, ein mönchisches Leben mit dem kämpfenden Rittertum zu verbinden – konnten der Johanniterorden und der Deutsche Orden überleben.

Den Johannitern kam zugute, dass sie nicht nur das christliche Königreich Jerusalem mit der Waffe verteidigten, sondern auch Hospitäler unterhielten (daher auch der Name *Hospitaliter*), in denen sie Kranke pflegten. Während die Tempelritter als stolz und hochmütig galten, erlangten die Johanniter so einen weitaus besseren Ruf.

Nach dem Rückzug aus Palästina eroberten die Johanniter zunächst Rhodos, 1524 verlegten sie ihren Sitz nach Malta (und nannten sich seitdem Malteserorden). Malta wurde bis 1798 vom Malteserorden regiert, in Europa spaltete sich der Orden während der Reformation in einen evangelischen (Johanniterorden) und einen katholischen (Malteserorden) Zweig. Beide Orden existieren noch heute und sind in der Krankenpflege tätig.

Der Deutsche Orden wurde erst 1199, knapp hundert Jahre nach den Johannitern und Templern, gegründet. Zwar war der Templerorden für Ritter aus allen Ländern offen (so etwas wie eine frühe Fremdenlegion), allerdings dominierten in ihm die französischen Ritter. Die deutschen Ritter bevorzugten daher den Deutschen Orden, der den Templerorden ansonsten in allen Belangen kopierte.

Bereits 1226 halfen die Deutschritter Herzog Konrad von Masowien gegen die heidnischen Preußen. Bis 1402 hatten sie den größten Teil des Baltikums erobert. Sie verlegten ihren Hauptsitz zunächst nach Marienburg, später nach Königsberg.

Der Niedergang der Deutschritter begann 1410, als sie die Schlacht von Tannenberg gegen ein polnisch-litauisches Heer verloren. 1466 musste der Deutsche Orden die Oberhoheit des polnischen Königs über das restliche Ordensland anerkennen.

In Deutschland wurde der Deutsche Orden 1809 von Napoleon aufgehoben, in Österreich 1834 als Deutsch- und

Hochmeisterorden wiederbelebt. 1929 in einen klerikalen Bettelorden verwandelt, ist der Deutsche Orden heute hauptsächlich in der Alten- und Krankenpflege tätig.

Jürgen Kehrer

Glossar

Abba
- aramäisch: Papa, Vater.

Archidiakon
- in der frühmittelalterlichen Kirche der erste Gehilfe und Vertreter des Bischofs (vergleichbar mit dem heutigen Generalvikar), später Vorsteher eines dem Dekanat entsprechenden Kirchensprengels.

Bader
- Besitzer einer Badestube, der auch chirurgisch tätig war.

Barbarossa
- Beiname des deutschen Kaisers Friedrich I. (1122 – 1190).

Bar Kochba
- eigentlich Simon (Schimon) ben Kosiba. Bar Kochba war 132 n. Chr. Führer eines Aufstandes der palästinensischen Juden gegen die Römer. Nach der Eroberung Jerusalems wurde er zum Messias ausgerufen. Er regierte etwa drei Jahre, bevor er von einem römischen Heer geschlagen wurde.

boruch Haschem
- hebräisch: Gott sei Dank.

Botmeister
- Bewaffnete im Dienst der Stadt, die die *Gebote* des Stadtrates ausführten (Vorläufer der Polizei).

Buhurt
- Reiterkampfspiel, das nach dem Lanzenstechen in einen Schwertkampf übergeht.

Cloaca maxima
- Abwasserkanal im antiken Rom.

emess
- hebräisch: Wahrheit, Bekräftigungsformel für eine Behauptung.

Erbmänner
- reiche Bürger alteingesessener Familien (Honoratioren).

Goi
- Nichtjude, Christ. Von hebräisch Goi, Goj, Gojim: das Volk. Ursprünglich war damit das „auserwählte" (jüdische) Volk gemeint, später bezeichneten die Juden damit die „Heidenvölker".

Gruet
- Bier.

Ima
- aramäisch: Mama, Mutter.

Katharer
- religiöse Bewegung des 12. und 13. Jahrhunderts (vor allem in Südfrankreich und Oberitalien), deren Anhänger die „Verweltlichung" der offiziellen Kirche angriffen und sich einem

asketischen und apostolischen Leben verschrieben. Von der Inquisition verfolgt, verschwand die Bewegung um 1300. Bettelorden wie die Franziskaner übernahmen teilweise katharisches Gedankengut.

Kebsweib
- Nebenfrau, Konkubine.

Kemenate
- mit Kamin ausgestattete Kammer, erst später Begriff für den Teil von (größeren) Burgen, der den Frauen vorbehalten war.

Kogge
- bauchiger, seetüchtiger Handels- und Kriegsschiffstyp, der vom 13. bis zum 15. Jahrhundert verwendet wurde.

Komturei
- Verwaltungsbezirk des Ordens, mit einem Komtur (Kommandeur) an der Spitze.

Lettner
- halbhohe, oft aus Holz gefertigte Wand, die den Altarraum von der übrigen Kirche trennt.

Mamelucken
- ursprünglich Sklaven türkisch-kaukasischer Herkunft, die von arabischen Herrschern im Militärdienst eingesetzt wurden und 1250 in Kairo selbst die Macht ergriffen.

Offizial
- Leiter der bischöflichen (kirchlichen) Gerichtsbehörde.

Pessah
- (auch *Pessach* oder *Passah*): jüdisches Fest, das in Erinnerung an den Auszug der Israeliten aus Ägypten gefeiert wird. Im Zusammenhang mit *Pessah* hat sich das christliche Fest Ostern entwickelt.

Philipp IV.
- (1268 – 1314), frz. König ab 1285, auch Philipp der Schöne genannt.

Reval
- früherer Name der estnischen Hauptstadt Tallinn.

Sarazenen
- im Mittelalter von den Christen verwendete Bezeichnung für Araber, später auf alle Muslime ausgeweitet.

Send
- Jahrmarkt.

Sodomie
- Mittelalterliche Bezeichnung für Homosexualität.

Subcellerar
- stellvertretender Kellermeister.

Tjost
- Reiterkampfspiel, das mit Lanzen ausgefochten wird.

Wahlbürger
- Bürger, die zur Wahl des Stadtrates berechtigt waren.

■ Jürgen Kehrer

Tod im Friedenssaal

Eine Kriminalgeschichte aus der Zeit des Westfälischen Friedens

1997, 160 Seiten, br., 19,80 DM
ISBN 3-89325-538-9

Wer ist der Tote, dessen Leichnam von einem Pfeil durchbohrt genau auf der Grenze zwischen städtischem Areal und Domplatz gefunden wird und die Frage der zuständigen Gerichtsbarkeit auslöst? Freigraf Bernd Ketteler, Untersuchungsrichter und oberster Polizist Münsters, und sein Freund Pater Martin Tewes stehen vor einem schwerwiegenden Problem. Zumal der Fall, nachdem sich der Ermordete als Anhänger der spanischen Gesandtschaft erweist, die laufenden Friedensverhandlungen zu bedrohen scheint. Als wenig später die Leiche der Hure Catharina gefunden und ein Giftanschlag auf das Gildenmitglied Wilhelm Eickhaus verübt wird, gerät Ketteler unter Einsatz seines eigenen Lebens immer stärker unter Druck, die Fäden des Verbrechens zu entwirren …

■ Jürgen Kehrer

Mord im Dom

Eine Kriminalgeschichte aus der Zeit Karls des Großen

1999, 168 Seiten, br., 19,80 DM
ISBN 3-89325-700-4

Im Jahre 799 n. Chr. begegnen sich Papst Leo III. und der König der Franken, Karl der Große, in Paderborn. Der Eine ist vor seinen Feinden in Rom geflohen, der Andere denkt daran, sein Lebenswerk mit dem Kaisertitel zu krönen. Doch dann wird der Aufenthalt an den Quellen der Pader von rätselhaften Mordfällen überschattet. Als ersten trifft es Bischof Odoaker während einer Messe im Dom …

Jürgen Kehrer, Verfasser zahlreicher Kriminalromane, hat mit *Mord im Dom* einen spannenden Mittelalter-Krimi geschrieben, der die historischen Ereignisse und Personen lebendig werden lässt.

Leblos hängt der Körper des Münsteraner Prominenten Rudolf Rehberg über dem Steuer seines Mercedes. Tod durch Zyankali. Feinde, Neider und Kritiker hatte er genug, der vielseitige, aber auch kompromisslose Schulleiter, Musiker, Kunstsammler und Gründer der Partei der Unzufriedenen. Sieglinde Züricher, Hauptkommissarin und soeben von der Münchener zur Münsteraner Polizei übergewechselt, steht vor einem verwirrenden Fall. Handelt es sich bei dem Mord an Rehberg um einen Racheakt, oder ist er die Folge eines familiären Dramas, dem auch sein Sohn Christian zum Opfer gefallen ist …?

- Ursula Meyer

Endstation Aasee

Ein Münsterkrimi mit Sieglinde Züricher

1998, 292 Seiten, br., 24,80 DM
ISBN 3-89325-650-4

Bei einem Schulausflug zur Burg Hülshoff verschwindet auf rätselhafte Weise ein Mädchen und wird kurz darauf tot im Wald aufgefunden. Sieglinde Züricher von der Münsteraner Polizei versucht Katharinas Mörder zu finden und stößt auf viele offene Fragen:
Wer ist der mysteriöse Waldarbeiter? Steckt mehr als jugendlicher Übermut hinter den schwarzen Messen? Hat ein Modefotograf Katharina in Rauschgiftgeschäfte verwickelt? Und welche Rolle spielt der Junge im Rollstuhl? Die Spuren werden immer verwickelter. Und das gerade zu einer Zeit, da Sieglinde sich einmal um ihr Privatleben kümmern müsste …

- Ursula Meyer

Münster – Weimar und zurück

Sieglinde Zürichers zweiter Fall

1999, 216 Seiten, br., 24,80 DM
ISBN 3-89325-720-9

■ Ursula Meyer

Rosen aus Münster

Sieglinde Zürichers dritter Fall

2001, 252 Seiten, br., 24,80 DM
ISBN 3-89325-920-1

Eine Tote im Pool, eine mit ihrem Kopfkissen erstickte Frau, ein mysteriöser Sturz von der Treppe – im Seniorenstift „Haus Nettelbeck" fängt die Vorweihachtszeit nicht gerade besinnlich an.
Der Todesfall der Rosenzüchterin Helene Abraham stellt Sieglinde Züricher, Hauptkommissarin bei der Münsteraner Polizei, zunächst vor ein großes Rätsel und eine schweigsam-verbohrte Altenclique. War es am Ende doch ein Selbstmord? Aber welchen Grund gab es, eine alte Frau in ihrem Bett zu ersticken? Je mehr Sieglinde recherchiert, desto klarer wird, dass das Motiv in der Vergangenheit zu suchen ist, einer Vergangenheit, an die keiner mehr rühren wollte …

■ Georg Veit

Münsterland-Mafia

Eine Kriminalroman aus der Provinz

1999, 232 Seiten, br., 24,80 DM
ISBN 3-89325-761-6

Eigentlich will er seine Ruhe: Peter-Paul Pfühl, genannt Pepa. Seine Leidenschaft sind sportliche Autos, Tomaten und seine Freundin. Alles natürlich mit Ruhe. Doch damit ist es vorbei, als ein Nachbarsjunge tot aufgefunden wird. Studienrat Pepa wird in ein Verbrechen verstrickt, das immer organisiertere Kreise zieht. Und Pepa steht seinen Mann.

Ein Krimi, der temporeich und launig daherkommt, es aber faustwaffendick hinter den Ohren hat.

■ Max Oege

Münsterländer und andere Tote

Kommissar Peters kommt auf den Hund

2001, 187 Seiten, br., 19,80 DM
ISBN 3-8309-1010-X

Arne Peters arbeitet bei der Münsteraner Mordkommission. Eigentlich ist das ein ruhiger Job für den 27-jährigen Kommissar – so ruhig, dass sein Chef ihn mit der Aufklärung einiger grausamer Hundemorde beauftragt. Doch keiner ahnt, dass es sich hier nur um den Auftakt einer Serie bestialischer Morde handelt. Denn bald taucht die erste menschliche Leiche auf ...

Dass in Max Oeges erstem Kriminalroman Hunde eine wichtige Rolle spielen, kommt nicht von ungefähr. Der Junggeselle lebt zurückgezogen mit seinem vierbeinigen Freund Grim im Münsterland. Die beiden haben sich die „Tatorte“ auf langen Spaziergängen erwandert. Neben seiner Tätigkeit als Schriftsteller arbeitet Max Oege als Maler und Bildhauer.